图书在版编目（CIP）数据

危险的斜面 /（日）松本清张著；郑世凤译 . — 青岛：青岛出版社，2022.8
ISBN 978-7-5736-0334-0

Ⅰ. ①危… Ⅱ. ①松… ②郑… Ⅲ. ①推理小说 – 日本 – 现代 Ⅳ. ① I313.45

中国版本图书馆 CIP 数据核字（2022）第 113243 号

KIKEN NA SHAMEN by MATSUMOTO Seicho
Copyright ©1962 MATSUMOTO Yoichi
All rights reserved.
Original Japanese edition published by TOKYO SOGENSHA Co., Ltd. in 1959
Republished as paperback edition by Bungeishunju Ltd. in 2007
Chinese (in simplified character only) translation right in PRC reserved by QingDao Publishing House Co., Ltd. under the license granted by MATSUMOTO Yoichi, Japan arranged with Bungeishunju Ltd. Japan through Hanhe International（HK）Co., Ltd.

山东省版权局著作权合同登记号 图字：15-2019-325

WEIXIAN DE XIEMIAN
书　　　名	危险的斜面
作　　　者	［日］松本清张
译　　　者	郑世凤
出版发行	青岛出版社（青岛市崂山区海尔路 182 号）
本社网址	http://www.qdpub.com
邮购电话	0532-68068091
责任编辑	刘　迅
特约编辑	黄俊凯　左美辰
封面设计	陈绮清
照　　　排	青岛新华出版照排有限公司
印　　　刷	青岛双星华信印刷有限公司
出版日期	2022 年 8 月第 1 版　2022 年 8 月第 1 次印刷
开　　　本	大 32 开（880mm×1230mm）
印　　　张	7.5
字　　　数	135 千
印　　　数	1-8000
书　　　号	ISBN 978-7-5736-0334-0
定　　　价	45.00 元

编校印装质量、盗版监督服务电话　4006532017　0532-68068050
本书建议陈列类别：外国文学　推理　畅销

危険な斜面

目 录

危险的斜面 / 1

二楼 / 60

卷头诗的女作者 / 90

失败 / 116

携款潜逃之旅 / 141

投影 / 168

危险的斜面

1

相隔十年,西岛电机株式会社调查科科长秋场文作与野关利江在歌舞伎剧院大厅里重逢了。

当时,秋场文作正在招待公司的老客户。除了他,公司还派来了营销部部长、技术部部长和宣传部部长等人。不,可以说,作为调查科科长的他是排在最末位的角色。

"今天晚上会长也来了呢。"消息灵通的宣传部部长第一时间带来了最新消息,"和情妇一起。"

在哪儿呢?开幕后,部长们争先恐后地往前面的观众席上张望。在最前排正中央位置上的,正是西岛卓平那特征鲜明、一半杵在后衣领里的秃头。

西岛卓平是西岛金属工业、西岛电机、西岛化学工业等几个株式会社的会长。他的背驼得厉害。

坐在他旁边的女人乌发浓密,身穿深紫色和服,后领折向后方,露出雪白的脖颈,看得出她身材高挑,会长的秃头似乎也就是刚刚能达到女人的肩部。女人不时地转向旁边,像对着孩子一样跟会长说话。

"是麻布那个啦。"营销部部长道。

秋场文作知道会长西岛卓平有四个情人,安排在麻布的鸟居坂住的是其中之一。据说,那女人原本是赤坂酒馆的一个女服务员,经常光顾那家酒店的西岛卓平对她十分中意,一直安排她来服务,最后两人便发展为情人关系。

但是,秋场文作却没有见过"麻布"。他不过是一介科长,没有机会接触号称大独裁者的西岛会长的私生活。岂止接触不到,估计会长都不知道有秋场文作这么个调查科科长。偶尔有个什么大型会议,公司也只是为了凑人数而给他个位子而已。

会长的到场,当然跟当晚的客人接待没有什么关系。在商界威名显赫、在新闻界也以精明强干而成为传奇的西岛卓平,不可能出席旗下公司招待各地经销商的活动。这只不过是碰巧撞上了他私下里来看剧而已。

部长们秘密地展开了一场是否有必要过去打个招呼的讨论,最终因为对方是"微服出行",大队人马出现不太合适,便只派营销部部长作为代表在幕间休息时去打个招呼。

"会长心情很好啊,让我给各位带个好。"营销部部长微微红着脸报告道。

部长们收到了会长大人的关怀,这细小的感动化作一定程度的兴奋,在大家心中引起了共鸣。

"麻布那位很亲切呢。"营销部部长对会长的情妇做出了评价。

"是的,她是四个当中最好的一个,曾经也是劳苦之人。"

"容貌能排第二吧。"宣传部部长道。

"但是是最年轻的。"技术部部长开口道。

"大约有多少岁呢?"

"二十八九岁吧,顶多三十岁,正是女人如狼似虎的年纪。"

说到这里,部长们脑海里自然而然地浮现出了年过七旬的会长那干瘦驼背的身躯,他们不约而同且别有意味地窃笑起来。

秋场文作没有插嘴,唇角漾着微笑,听着他们的话。他并不了解所谓的"麻布"情妇,没有相关知识是无法插话的原因之一,但主要还是因为介怀科长这个身份,不好意思在部长群中出风头。这出于他的自卑。他比任何人都更拘泥于部长和科长这种身份差异,这种拘泥同时也体现了他对部长职位的强烈憧憬。

营销部部长跟调查科科长低声耳语,命他去确认一下演出结束后,要带客人去的宴会安排得怎样了。秋场文作离开座位去打电话。电话机在走廊的一角。

事情很快就办妥了。因为舞台上的表演没有什么意思,秋场文作打算抽支烟,便向大厅里走去。门的后面传出了人形净琉璃的声音。

大厅里有三个客人。两个中年男人正紧靠在一起坐在长椅上，低头商量着什么。秋场文作一进来，两人同时抬起头，眼神犀利地瞅了他一眼，接着又弯下腰，小声聊了起来。

另外一个是女人。她手持一个红色果汁杯，坐在沙发上。她脚下猩红色的地毯和那杯子的颜色并不相称，但是她那深紫色的衣服却十分华丽，与杯子相映成趣。

秋场文作吃了一惊。他对那和服的颜色印象深刻，那高耸的浓密黑发更让他确信了这一点。她是坐在秃头驼背旁边的那个女人，是会长的"麻布"。

慌乱的秋场文作想转身离开，不敢和她坐在一处。虽说她只是会长的情人，可毕竟跟会长高不可攀的权威挂钩。秋场文作是一个对支配着自己地位与生活的权威深怀恐惧的男人。

女人抬头看了看他，表情却发生了变化。她的眼睛睁得大大的，嘴唇半张着，身体僵在半空，杯子几乎要掉落下来，有几滴果汁恰好飞溅出来，濡湿了地毯。

"吉野先生……"会长的情妇叫道。

吉野是秋场文作的旧姓。

"是利江小姐吗？"

秋场文作哑然失声，眼睛直盯着十年前有过几次交往的女人，一时间愣住了。她的眼睛和嘴唇的特征帮他挖掘出了十年前的记忆，由此导入，各种追忆很快蔓延开去。当时，这个女人还是新宿附近一个酒吧的女服务员。年轻的她总是穿着很快就会起皱的廉价连衣裙。秋场文作相信，自己是第一个脱下它的男人。

那粗陋的连衣裙与如今他眼前这个若隐若现地露着雪白脖颈的女人的深紫色华丽装束形成对比,其中的联系,他无法说清。更无法说清的是秋场文作和野关利江在那段交往之后的断联,以及十年断联之后的重逢。这十年来,秋场文作不曾记起野关利江一次。

同时,这十年的断联也让野关利江成了西岛卓平的情妇,让秋场文作成了西岛卓平所经营的公司的一个科长。在十年的断联之中,两人完成了这般变化,形成了具有讽刺性的鲜明对比。

"吉野先生一点没变啊,当然,比以前更有风度了。"

昔日的女人用怀恋的眼神仰视着他。

"你也……"秋场文作说到这里,咽了一口唾沫,"不,您现在又漂亮又阔气啊,简直认不出来了。"

野关利江羞赧地轻轻低下头,那副娇态中也表现出了堂堂气派。秋场文作感到相形见绌。

"我刚才看见您了呢。"他稍稍抬起头,对昔日的女人用起了敬语。

"是吗?"野关利江仰起头,又一次睁大了眼睛。

"您在观众席上是和我们会长坐在一起的吧?"

他这是特意费心不让女人主动说出自己的身份来,同时,又用"我们会长"一词,说明他现在和她所处的位置。不,他把重点放在了这上面。野关利江听了之后,表情果然有些惊讶。

"我现在是西岛电机的调查科科长。"秋场文作急忙补充道。

他不禁点头行礼,不是向昔日的女人,而是对会长的情妇自然而然地行礼。

"哦。"

"请多多关照。"

他又一次认真地鞠了一躬。这个女人肩上仿佛有权威之焰在熊熊燃烧。

"讨厌啦!您这么说话……"女人若无其事的神情中带着一点烦躁,有些慌张地制止了昔日的男人,"真没想到,您会在会长的公司里。"

女人称呼中的"会长",听起来有一种特别的味道。虽是同一个词语,秋场文作说出来带着虔敬,她说出来则是带有狎昵的爱称。秋场文作也因这个称呼而感觉到了两人身份地位的悬殊。

"有机会想好好跟您聊聊啊。"野关利江面红耳赤地环视了一下四周,心神不宁地说道。

"刚才我是说自己不舒服才抽身出来的,会长肯定会马上找我的。"

"您请便,您请便。"秋场文作慌忙说道。

他的腰躬得厉害,让人有驼背会长就在眼前的错觉。

野关利江从沙发上站了起来,她好像想到了什么,从腰带中抽出一个小笔记本,用铅笔匆匆在上面写了点儿什么,并撕下了那张纸。

"再见。"野关利江小声说着,迅速将那张纸片塞进秋场文作的手里,然后加快脚步走到了走廊那边。

只剩下秋场文作一个人的时候,他摊开了掌中的纸片。

"(48)32……"

她写下的是一串潦草的数字。"48"是赤坂地区的区号。野关利江写的是自己位于麻布的公寓的电话。

秋场文作有一种突然收到了她家钥匙的感觉。

2

秋场文作和野关利江之间的秘密交往便这样开始了,持续了将近一年。两人关系的十年断层迅速重新黏合,紧密得连一丝间隙都没有。它以夺回十年空白的气势,在一片寂静中炽热地发展着。

这种所谓的寂静,当然是不为人知的意思。实际上,没有一个人知道他们两人的关系。秋场文作是那种非常小心谨慎的人。自从成为一个古板官吏家庭的上门女婿、在妻子住院的一个月里尝到了偷腥的滋味之后,他便深得保守秘密的要领。上门女婿这种身份也确实使他更加克制隐忍。

但是,和野关利江交往的秘密十分重大,非同寻常。她已经不再是从前的女人了,而是他公司老板的情人。西岛卓平可不是一般的老板,他是如今商界的明星,是拥有多家公司的独裁者。那旺盛的事业欲更是让他不断地拓展事业的疆界。

西岛卓平的传奇逸事经常被媒体报道,这是由于他年过七十的高龄与他事业上的旺盛精力不相称而引起的。这些故事大都是在这种不平衡的荒诞中产生的。据说他每天起得很早,上午就在自己家里召集旗下多家公司的干部召开企划会议,中午午休一个小时,下午再去各个公司和工厂视察,晚上会见政治家和企业家,深夜还在情妇的寓所中流连。

但是,这些让人津津乐道的趣闻仅限于外界,西岛卓平对他所管辖的西岛金属、西岛电机、西岛化学工业等各公司的高管和职员来说,是神一般的存在。当然,那不是因为他的人格魅力,而是因其傲视天下的绝对威严。在他面前,各公司的社长简直就像仆人一样,被他毫无尊严地喝来骂去。一听到会长要来,公司里的气氛立刻宛如结冰般紧张起来。

因此,秋场文作和野关利江的秘密关系存在着远非一般情况可以比拟的重大危险。野关利江既不是他过去的情人,也不是一般的有夫之妇,而是会长这个绝对权力者的所有物。这样偷腥的他,就像一只从狮子嘴里偷食的老鼠,一旦被发现就会断送性命。三十七岁的他,好歹算是拥有与年龄相符的收入和生活,可万一东窗事发,他就会失去一切,落魄街头。

秋场文作之所以冒着这么大的风险与野关利江交往,并非是对她肉体的执着。如果是为了肉体,他认识另一个更有趣的女人，而且与那个女人也并没有断绝关系，只靠她便足以饱食。十年前所悉知的野关利江的身体，对他来说，早已经失去新鲜感和魅力。

秋场文作是个想出人头地的男人。普通职员、科长、部长、高管的顺序，仿佛人生的斜面一般，不断地在他的意识中投射下阴影。他在那个斜面中处于什么位置，什么人在自己之上，什么人在自己之下，谁已经一只脚踏到了高一些的地方，这些念头无时无刻不像昆虫的触角一样，在他心里灵敏地伸缩着。

就眼前的可能性来说，秋场文作想尽快升为部长。升了部长，总算是个干部了。科长不过是普通职员长了层毛而已。

他一直以来的梦想，就是能够参加会长宅邸每天早上的企划会议。他认为自己具备这个实力，如果让他做，他绝对不会输给任何人。他对自己的头脑和行动力都很有自信。他只不过是被安放到了会长看不到的地方，没有机会得到认可而已。首先，他需要一个让会长知道他的存在的机会。要做到这一点，就需要获得参加会长府上著名的企划会议的资格。他千方百计地想尽快成为部长。

对秋场文作来说，和野关利江交往的意义在于让他快速接近实现梦想的机会，除此之外，没有任何意义。也就是说，他要让利江吹个枕边风，把秋场文作这个名字吹进会长的耳朵里，让会长认识他。

当然，这里面也隐藏着很大的风险，比如说，会长也许会因此怀疑自己的情妇和秋场文作的关系。野关利江太过强调秋场文作的名字不好,说得少了让会长印象太浅也不好,对此程度的把握很微妙。

"没关系的!"野关利江在和秋场文作两人单独相处的时候,将手臂伸到男人的脑袋下面说道,"这方面我也有数啦。我跟他说,你是我死去的哥哥的朋友。咱们从小就认识,上次偶然在街上碰到了,我听说你在西岛电机上班很惊讶。今后我也会瞅准时机经常聊聊以前小时候的事啦。"

"注意不要说得太多,会被猜疑的。"秋场文作温柔地抚摸着女人的脸颊,提醒她道。

"不用担心,我不会总是说的。要说那些话,是需要看场合的。"

"什么场合下说呢?"

"某种场合啦!"野关利江将脸贴到男人的胸膛上窃笑道。

"啊,是吗?"

秋场文作领会了。关于西岛卓平的秘密情事,他已经从野关利江那里听说了。据说,会长并没有传闻中高估的那般体力,他也只是个年过七旬的普通老人而已。西岛卓平采用了一种不给自己年迈的身体增加负担的方式,执着地追求自己想要的东西。老人吸吮着青草一样的气味,将时间花在用手触摸那鱼肉一般柔软的部位,给自己注入活力恢复剂。

"那样要持续很长时间,很让人受不了呢。不过,在那之后,他的心情倒是好极了。"

所谓的某种场合,肯定是指这样的时候。秋场文作联想到了封建时代在闺房讨老爷欢心的小妾。这种事情并不只限于那些引起家庭纷乱的小说中。他相信自己能够利用野关利江实现梦想。西岛卓平的独裁地位、其事业和私生活之间的关系,已经具备了被写成小说的条件。

秋场文作自与野关利江这个从前的情人重逢以来,忽然觉得人世间变得有趣了,以前那些觉得人生无聊的想法,一下子飞得无影无踪。他内心希望满满,野心勃勃。实现梦想仿佛近在咫尺,他似乎正在一步步向目标靠近。这个手段无须任何特别的辛苦和劳作,只要注意避人耳目地和野关利江见见面就可以了。满足她的欲望,维系住她的爱情,把这当成工具加以利用就足够了。虽说她的新鲜度和魅力值有所减退,但是抱着她的片刻欢愉还是有的,而且不必花费一分钱。会长的情妇是有钱人。

这等好事哪里去找?正因为不能跟别人说,秋场文作在心里偷笑。

野关利江性欲旺盛。秋场文作心想:"这也难怪,七十岁的会长只是从她那里摄取,并不能给予她什么。不,也许给予了一点,但那并非正常的给予,很稀薄。也许对她来说,清心寡欲的状态无疑更好。给予她一点,反而更增加了她的饥饿感。"

"在和我这样之前,你是不是还背着会长有其他男人?"一次,当疲劳来临之际,秋场文作拍拍野关利江的脚踝问道。

女人将脸贴在男人的脸颊上,天真地摇了摇头。

"没有。"她的气息吹过他的脸颊,"只有你。"

野关利江成为会长的情妇已经三年了。三年间残酷的不满,现在正欲通过秋场文作来填充。

"真能忍耐啊。"

"没有办法呢。"野关利江叹了口气。

"但是,今后有你了,就没关系了。"她的双手缠到了男人的脖颈上。

"但是,我们的关系是要绝对保密的啊。让会长知道了,你就无家可归、流落街头了。"秋场文作故作轻松地叮嘱道。

每次约会,他一定会说一两次给她听,不断地劝诫她。

"没关系。要是那样的话,我就被他撵走好了。我再找一个小酒吧上班,养你一个人还是没问题的。"

"开什么玩笑,我怎么能跟这样的女人共赴刑场呢!"秋场文作在心里咆哮。因为她是西岛卓平的情妇才有点利用价值,失去这点价值的话,她还有什么呢?

"喂!那可不行啊!咱们还是像现在这种状态,保守着秘密比较好啊。这一点一定要严守约定。而且,我还想在公司里升职呢。老爷子那边就拜托你了啊。"秋场文作咬着女人的耳朵要求道。

3

秘密被严守着,没出半点儿纰漏。

野关利江的家在麻布的高地上。这是一座三年前新建的温馨的和式建筑,建筑面积二十二坪①,小巧玲珑。院子很宽敞,有它的五倍大,被像天鹅绒一样的草坪覆盖着,还有假山和树木。这是一座阔气的中档住宅。野关利江和两个女佣住在这里。秋场文作曾经装作若无其事的样子从附近经过,暗中观察过这里。即使知道西岛卓平不在,他也绝不会拜访这个家。另外,他虽然知道"(48)32……"这个电话号码,但是也只打过一次,之后再没有往那个电话里传送过自己的声音,所以女佣也不知道他的存在。

两人的幽会总是在周二和周五下午六点。野关利江只要在九点之前从宾馆赶回家就行。西岛卓平来野关利江这里一般是一周一次,而且是在晚上十点以后。热衷于事业且十分忙碌的他从不外出休养。两人周二和周五幽会的秘密被严格地保守着。整整一年,秋场文作只给野关利江打过一次电话,那次也凑巧是她本人接的电话。

野关利江也被禁止往公司里打电话找秋场文作。两人约好:如果双方有一方当天发生变故,对方就在宾馆里等上一个小时

---

① 1坪等于1日亩的三十分之一,合3.3057平方米。

再回去，不出现就是不方便的信号。约会的地点总选在偏僻不引人注意的地方，而且他们总是轮流使用固定的三家店。

凭着这样的谨慎和警惕，他们成功地做到了一年下来没有任何人知道他们的关系。野关利江虽然对这种迂回的约会方式表示不满，可秋场文作总是不断地劝诫她。他深信这样才能不漏破绽。

要说成功，还有一件大事取得了成功。秋场文作升任了西岛电机株式会社调查部的部长。他顺利地爬上了一个自己想要的位置。

秋场文作第一次获准参加会长宅邸每天早晨的企划会议，就被那仿佛御前会议般严肃的场面震惊了。秃头且驼背的西岛卓平对坐在末位上的新任部长的来临不屑一顾。端坐大厅正中间宽大桌子前的会长，一个人谈着计划，列着数字，斥责分列左右各公司高管们。他高谈阔论、颐指气使时，光秃秃的脑袋也变得通红，眼睛里发出像野兽一样的光亮。那不是会议，而是去聆听会长怒号。总经理们和高管们都已经丧失了抵抗能力。

秋场文作一想到这个雷厉风行的会长在往喉咙中吞咽野关利江的青草味，瞬间产生了一种自己与会长并驾齐驱的错觉。会长完全不知道秋场文作的事。他对事业了如指掌，而对自己情妇的行踪却一无所知。他闪着亮光的眼睛没有凝视过秋场文作一次。

接到部长的上任通知，秋场文作第一次头磕到榻榻米上，向野关利江道谢。作为带给她愉悦的报酬,他收到了不胜惶恐的高额回报,得到了极大的好处。

"太好啦!"听了秋场文作的报告和道谢,野关利江抱紧了他,"老爷子果然记得啊,虽然他什么都没有跟我说。"

这句话里多少带着些自豪,其中也包含着她与西岛卓平生活的回音。秋场文作却丝毫没有感到嫉妒。野关利江只是一个工具,对工具动感情是愚蠢的,应该更好地对其加以利用才对。他又给自己树立了下一个目标。在西岛的事业当中,电机公司是支流,感觉上是分公司。不管怎么说,其主力还是金属产业。他必须要进入主力产业,才有希望出人头地。他的目标是从西岛电机调到金属工业。因为他已经搞明白了:即使出席了曾经那般期盼的会长府上的会议,一介分公司的部长也并不受待见。

但是,一直这么小心谨慎地严守的秘密,却在秋场文作未曾预料的地方出现了破绽。那不是来自外在环境,而是来自内部的崩裂。秋场文作把野关利江当成工具,可野关利江却把秋场文作当成了恋人,这个误会产生了问题。

两人的关系发展了一年左右,野关利江对他的态度变得积极起来。她凝视他的眼神与从前不一样了,瞳孔里充满了眷恋的光,而且越来越强烈。

"继续这样的生活,我要受不了了。"她缠着秋场文作说道,"喂,我想从会长那里逃出来,想跟着你啊。"

野关利江流着眼泪,胸口和双手颤抖着,那是想完全占有秋场文作的女人的欲望。她虽然得到了物质丰足的生活,但是必须投入一个七旬老人的怀抱,供其肆意玩弄。与那遍布皱纹的手指和来回摩挲的丑陋嘴唇不同,秋场文作的动作更具有成熟男人的技巧和从容。野关利江当初也许心存侥幸,想等西岛卓平死。西岛死后,她可以得到一笔丰厚的补偿。毫无疑问,她算定了那笔钱的额度,打算以此为资本做点生意,这才忍辱负重,甘愿受西岛卓平玩弄。

但是,西岛卓平似乎没那么容易死,等他枯竭死去,还不知要等多少年。到那个时候,麻布的房子和土地产权都会成为她的。她大概也会得到一笔能维持多年生活的资金,但她的肉体也将老去。对秋场文作的沉溺是她在自己老去、被抛弃之前,扑向爱情、试图连接起青春与欲望的断层的表现。

"不要胡来啊!"

秋场文作觉得自己十分狼狈。

被他当成工具的女人亢奋地向他逼近。这是一场危机。

"你现在提出这样的要求,我也没法满足啊。再稍微等等时机。"他把双手放在她的肩上抚慰道。

"等等是要等到什么时候呢?"

"这个嘛,再等一年吧。"

"我才不要!"

女人本能地看透了秋场文作的话不可靠。

"我不能再等了。"

女人那双眼睛如同浇了油一般闪闪发光。

这样的争吵在之后每次的幽会中都会发生,而且越来越激烈。秋场文作的抚慰、敷衍和威吓,都渐渐失去了效果。女人变成了不通情理的疯子。

秋场文作很生气,他为了出人头地而利用的工具竟提出了任性的要求,难道是因为他给野关利江带来了太多的愉悦了吗?可那并不是爱情,而是性爱。正因为是性爱,女人欣喜于秋场文作的精血,身体越来越润泽。她从男人的身上得到一种接近疲惫的满足感,从西岛卓平那里什么都得不到,那不过是枯弱的身躯在悲哀地彷徨而已。

秋场文作怒火中烧时,两人还是在商量的,可当他感觉到危机迫近时,便怀着一种跪地求饶的心情乞求野关利江了。女人冲动起来,企图阻止她的男人便也冲动起来。如今,野关利江已经成了让他跌落的工具。她破坏了他的计划,为了自私的爱情,欲使他陷落深渊。女人即使离开西岛卓平也依然有活路,但是对秋场文作来说,失去工作就意味着葬送人生。他如果在这个年纪失了业,是绝对没有机会再爬起来的。如今,他也算是成功人士了。如果野关利江还是像以前那样的工具的话,他本打算利用她更上一层楼的。可事与愿违,既然她已化作危险的工具,他就只能拼命维护好自己现在所拥有的一切了。

一个星期五的黄昏,野关利江躺在那里,拉起秋场文作的手,放到自己赤裸的腹部,对他说道:

"明白吗？"

她的唇边浮起一个恶作剧般的谜之微笑。

女人的腹部有着宛如爬虫腹部一般瘆人的弹力和柔软。

"这里啦！"

女人说着，将男人的手按到一个地方。他能感觉到有咕噜咕噜的滚动似的触感从柔软的皮肤下面涌起。那里虽然没有什么特别的变化，可女人的举止却别有深意。秋场文作的脸色变了。

"三月初怀上的！"野关利江夸耀般地说道。

"下个月我就向会长告假。不管你说什么，我都要把孩子生下来。"

这个女人绝对做得出那种事。女人眼中闪着磷火般的光亮，窥视着男人的反应。

在秋场文作的脑海里，各种不可收拾的局面汹涌而来。被偷食的狮子的怒吼、失业、老婆的狂乱、贫穷、夹着小包袱执拗地紧贴着他不放的野关利江、萧条日暮中的凄风惨景……地狱般的空想无穷无尽。

即使是现在，这件事的破绽也是随时可能出现的。女人想打破他费尽心机严守的秘密，已经往他公司打了三次电话了。

"让会长和其他人知道不就行了吗？那样反而会让他们做好充分的思想准备，更好呢。"

女人凭借那无知的本能，想要冲入毁灭之中。也许她因此得到一种快感,想把犹豫不决的软弱男人一起拽进去吧。

男人总是站在陡峭的斜面上,要么竖起爪子继续往上爬,要么跌落下去。他们始终处在一个不安定的位置上,社会各阶层的大多数男人都是这样。

秋场文作原想利用野关利江继续向上攀登,可是一旦希望落空,那么为了防止跌落,就必须要从身上甩掉这个麻烦。他开始琢磨采用什么方法。

幸亏还没有人注意到他和野关利江的关系,秘密的丝线还岌岌可危地维系着一切。

4

二月中旬,秋场文作让野关利江离家出走。野关利江在西岛卓平来的晚上,提出母亲生病了,想回山形老家。得到同意后,她收到了慰问金、旅费和零花钱。

秋场文作利用为了爱情而甘心破釜沉舟的女人心理,以毒攻毒。

"我已经租好公寓了,你先在那里忍耐一下。过一阵子,我肯定会跟老婆分手,和你在一起的。这没什么,因为我是入赘女婿,所以很容易出门的。"秋场文作装作自暴自弃的样子跟野关利江说道。

"不过,在那之前,我想对外界隐瞒我和你的关系。我要是失业了,既无法养你,也无法养活我自己。会长和你之间的关系要以自然而然的方式来解除。倘若现在被他知道了我们的事,我马上就会被解雇。我们继续保密吧。"

"临时吃喝用度的钱,我这里是有的。"

野关利江给他看了看银行的存折,那是将西岛卓平给的补贴储蓄起来的钱。若是正常分手的话,她应该能从西岛卓平那里得到所住的房屋和分手费;如果是死别的话,她也许能通过他的遗嘱分到更多好处。女人牺牲了这一切,"裸奔"了出来,就是因为想跟秋场文作结合。她满腔热情,不顾后果,等到真切地感到后悔,应该是很久之后的事了。秋场文作利用她的这种心理,抛出了诱惑的陷阱。

秋场文作在一个偏僻的公寓里租了一个房间,把野关利江安置在那里。这是在对着员工名册,就西岛电机、西岛金属和西岛化学这三家公司是否有住在附近的员工进行了一番调查研究之后做出的决定。

出走的日子有点儿寒冷,做好过冬准备的野关利江穿了一件深紫色的海豹皮外套,一身驼丝锦套装,把皮箱里塞了一些随身物品就出门了。一个喜欢紫色的女人,就连尼龙的贴身内衣也都是梦幻般的淡紫色。

秋场文作和野关利江约定,每天晚上都去她那里,并和她一起在那个新房子里度过了第一个晚上。

虽然秋场文作明白怀孕是野关利江的谎言,但是这对他来说已经不是问题了……

西岛卓平是在野关利江出走两周后才得知她失踪了的。过了原定的五六天时间后,他也没有收到她的任何消息。他让人去她山形的老家打听,了解到她母亲生病并非实情,她也没有回娘家。

野关利江是主动离家出走的,还是因为他人加害而失踪的呢?西岛卓平一时间似乎有些迷茫。他调查了一下她带走的东西,发现只有身边的日常用品,银行存折不见了,但是他去银行查询发现,钱没有被取走。她离家出走的日子是在二月十五日。

"这事难道还有犯罪的气息吗?"接到西岛卓平指示的秘书找到警视厅的负责人,秘密地打探道。

"谁知道呢?"搜查科的主任歪着脑袋不置可否,"总之,请先写一个离家出走的寻人启事发出去吧。另外,我也会调查一下看看的。"

"会长说,如果利江小姐因为什么特别的理由,比如利江小姐有一个秘密情人并和他私奔了,这样就太丢人了,这一点让他十分担忧。但是他也说了,万一是被什么人骗出去,或者其结果成了性质恶劣的犯罪的牺牲者的话,还是早点儿跟警方报告比较好。"

听秘书这么说,负责此事的主任说:"对,这种事还是早一点告知警方比较好。"搜查一科一方面全国发布寻人启事,一方面让秘书陪同主任去野关利江在麻布的家里调查。

家里没有留下任何可以成为线索的文字，不见了的只有冬天的外套和几件换洗的衣服。她带走的东西也都是冬天使用的物品。二月十五日往后，再过一个多月就该换春装了，可春天的衣服却好端端地收在衣柜里。当然，她本人离家时说过是要回山形老家待五六天的，如果接受这个说法的话，现在的情形也是很自然的。如果她本人打算离家出走的话，应该再稍微准备一点儿春天的衣物。

警方在银行柜台上一查，她的存款大约有二百七十万日元。这个银行存折在野关利江手上，但是里面的钱却没有被提出来。

可以推断出她的失踪并非是以金钱为目的的犯罪，只能考虑她是因情感关系而失踪。主任就这一点对两个女佣进行了深入盘查。

"有任何情况都要老老实实地说出来。夫人大概不会再回这个家了，所以不必介意她。任何事情都不要隐瞒，通通都说出来。"

主任说完这些话，开始寻问她们：

"太太外出频繁吗？"

"是的，相对来说比较多，一周大概有三天会出门。"

"那确实属于比较多的呢。那么，是因为什么事外出呢？"

"多半是去银座，吃饭和买东西，有时候是去看电影。太太好像挺喜欢看电影的。"

"哦,原来如此。那么,她回来得很晚吗?"

"不,一般九点前就回来了,因为老爷通常十点左右来。"

野关利江是赶在西岛卓平来之前回来的,这一点引起了主任的兴趣。

"有没有陌生男人给太太打过电话呢?"

两个女佣对视了一眼,沉默了一会儿。因为主任说过,必须要把所有情况都坦诚交代,所以年长的女佣答道:

"是的,有过。"

"为什么事打来的呢?"

"我们一接电话,对方就说,请让太太接电话。"

"有几个男人打来过?"

"总是同一个人的声音,只有一个人。"

"从声音能猜出那人的年龄吗?大约多少岁?"

"这个嘛,我想大约有二十五六岁吧。"

"是个年轻人,对吧?"主任问道。

"太太接了那个人的电话后,都说了些什么呢?"

"我们一般都会客气地离电话那边远一点儿。"

"你们那样做除了因为礼貌之外,还因为太太不喜欢被人听到吗?"

"是的,我想太太是有这种想法的。"

"也就是说,电话里面谈的是怕别人知道的事,对吗?"

两个女佣并没有否认这一点。

"那人叫什么名字呢?"

"他自称大田。"

主任把这个名字记在笔记本上。

"他是从什么时候开始往这里打电话的呢?"

"这个嘛,大概从两年前吧。"

"是吗?从两年前就开始了?"

"是的,我想应该是这样。"

"太太说话时是什么样子的呢?你们应该听到过点儿什么吧?"

"是的,一开始的时候,太太很亲切地跟他说话,可是后来好像渐渐不耐烦了。我们告诉她是大田先生打来的电话,她有时候会让我们说她不在家,不接电话。然后那人就问她去哪里了。那人一个劲儿地想问出太太的去向,让人十分为难。"

"太太有没有给那个叫大田的人打过电话呢?"

"这个倒没有过。"

"我再问一遍,你确定那声音是一个二十五六岁的男人的声音,对吧?"

两个女佣异口同声地说:"是的。"

主任仔细地将这些信息写到了笔记本上。

5

野关利江离家出走一周后,沼田仁一往麻布的野关利江家里打电话,确认从她那里收到的明信片上所写的情况是否属实。

"我是大田,麻烦叫夫人接电话。"

沼田仁一侧耳倾听着(48)32……的信号音,等那声音停下来,一个有些耳熟的女佣的声音响起,送来了一向的语气和说辞:

"对不起,夫人不在。"

虽然措辞客气,但是女佣的声音有些尖锐。从半年前开始,就连女佣对他的态度也变得冷淡起来。

"她去哪里了呢?"

"去山形那边了。"

"大约什么时候回来呢?"

对方没有回答,挂断了电话。沼田仁一虽然很生气,但是觉得对方所说的无疑是事实,这次她并没有假装不在。

他从电话那边回到座位上,喝了一口已经凉透的咖啡。微暗的灯光中,流淌出了唱片的声音。正在播放的是阿尔弗雷德·豪斯的探戈舞曲《碧空》,野关利江曾经坐在这个狭窄的桌子对面,和他听着同样的音乐。

沼田仁一从口袋里取出了野关利江寄来的明信片,因为反复取出来阅读,那张明信片已经变得皱巴巴的了。邮戳日期写的是二月十五日。

"因为有事,我离开了麻布的家,去往别的地方生活了。我跟家里说的是要回山形的娘家,但是并不是真的回那里去。请放弃吧,不要再找我了。祈祷您能有幸福的婚姻。"

这是野关利江发来的最后的信息,没有一句怀恋旧爱的话。

"野关利江藏到哪里去了呢?"沼田仁一将胳膊肘撑在桌子上,往头上拢着长发想着。这是一个眼睛明亮、鼻梁挺拔、脸色白皙、嘴唇红润的男人。他现年二十六岁,但因为长相俊秀,看起来更显年轻。

沼田仁一的直觉告诉他:野关利江确实有了新的情人,这个想法在不断地加深。恐怕那人也和自己一样,是她瞒着西岛卓平那老头的吧。不一样的是,她对沼田仁一也守口如瓶。他感觉她这次决意离家出走,也是要和那个情人在一起。

他认为,那个情人应该比他大很多,恐怕年龄也在野关利江之上,三十五六岁或者再大一点。他的推测是有根据的。毫无疑问,那个男人身材魁梧,具有中年人的厚实和沉稳。

有一个名字始终无法离开沼田仁一的耳畔,那是野关利江抱着沼田仁一的身体、陶醉在其中时不小心叫出来的一个名字。

"YOSINO!"[①]

她皱着眉头、吐出一口气的同时,喊出了一个名字。然后,

[①] YOSINO 可译为女人的名字"佳乃"或男人的姓氏"吉野"。

她像吓了一跳似的警惕地睁开眼睛,凝视着眼前的沼田仁一。

沼田仁一的耳朵没有听漏这一句。他松开双手,追问那个人是谁。

"哎呀,是我农村妹妹的名字啦!叫 YOSINO。真奇怪,怎么会在这样的时候叫出来那样的名字呢?"

她做出一副自己也感觉不可思议的神情。

"很长时间没见面了,一直挂念她现在怎么样了,所以无意喊出来了吧。"

然后,她又觉得很可笑似的笑出了声。YOSINO 也许是个女人的名字,但是也可能是"吉野"这样一个男人的姓。难道有人会在床上和男人相拥的时候喊出妹妹的名字吗?沼田仁一不相信,他相信那是一个叫"吉野"的男人的姓。

"傻瓜。"

从那之后,野关利江对沼田仁一的每一次追问都付之一笑。

"我怎么会跟那样的男人交往呢?"

"但是,除了我,夫人确实又有了其他情人呀,我是知道的。"

"哎呀,为什么呢?"

"不,我知道的。夫人对我越来越冷淡了。"

沼田仁一因这位比自己年长的别人的情妇而感到了一种无限的嫉妒,哭了起来。他摇着躺在身旁的静止的身体,将脑袋抵在她的胸前撒娇。

"没有那样的人啦!"野关利江总是这么安慰他,"只有你啦。

但是,你老是这么把我叫出来,可是很讨厌的。我不喜欢你这么黏人。希望你能让感情更从容一些啊。"

野关利江用怜悯的眼神看着年轻的沼田仁一。

这时的野关利江确实是在拿他和秋场文作进行比较。眼前这个青年是比秋场文作要早一年出现的情人。年轻的沼田仁一是某公司的事务员,喜欢音乐。他经常来昏暗的咖啡店,用那修长的手指托着下颚,闭着眼睛,入迷地倾听着唱片。他虽然身形纤细,但是身体深处却沉淀着苍白的热情。秋场文作是中途出现的,自从他出现,野关利江就对两个男人进行比较。沼田仁一确实太年轻,就像他那修长且瘦弱的身体一样,不太可靠,难以依傍。

野关利江第一次见到沼田仁一是在一个秋天的夜晚。那时,她除了老爷西岛卓平以外,没有其他男人。西岛卓平已经完全衰老,虽然还能称为男人,但是不能满足女人。他只是一个留给女人不满和饥饿感,便坐上高档汽车绝尘而去的男人。

为了排遣寂寞,野关利江那天晚上去了赤坂,进了一家咖啡馆喝咖啡。那里年轻人很多,音乐响起,青春洋溢。野关利江在那里品味着自由,沉浸在那氛围当中。那是麻布孤独的家里所没有的。

沼田仁一坐在那里的一张椅子上,一边闭目沉思,一边抱着胳膊靠在椅背上。野关利江和他聊了起来,听他讲解正在播放的曲子。他朝气蓬勃、充满艺术气息。而且,他就像他喜欢的拉赫玛尼诺夫的那些钢琴协奏曲一样热情而甜美。

野关利江爱上了这个比自己年轻五岁的青年。他的青春活力与七十岁的西岛卓平的衰弱枯竭放在一起,形成了鲜明对比。他具有年轻人特有的一往无前的热情,给野关利江注入了年轻的活力。

野关利江的确爱过沼田仁一,但那不是平等的爱。爱是爱,他却没有从她那里得到平等的爱的实感。也就是说,野关利江的爱是仁惠的。

沼田仁一什么都感觉到了。他展示出了年少者对于年长女性的体贴。他给她脱掉外套,转到她背后,帮她拉开拉链,帮她脱下紧贴在腿上的丝袜,他在殷勤地照顾着她。对野关利江来说,那份热情确实既新鲜又有魅力。这在她过去的男人身上未曾体会过。她之前遇到过的男人都是向她寻求单向奉献的。

沼田仁一为这种奉献的举止感到兴奋。他不曾知道年长的女性如此威严、成熟、丰饶。野关利江让他大开眼界,他从她那里学到了放肆,懂得了欢喜。这是从比他年轻的女孩那里绝对无法得到的。

而且他还得到了金钱方面的享受。野关利江把所有费用都支付了,回去的时候还会拿出他的钱包,给他放上点儿钱。他和年轻女孩约会的时候,只能他来付账。

沼田仁一被野关利江夺去了年轻的灵魂。他的热情无限沸腾,也没有抑制和踌躇,一天不见她,他都想马上打个电话,原本一周两次的约会被他强行要求改为三次。那种没有任何空间的执着让野关利江渐渐感到窒息,感到单调,可沼田仁一却一无所知。

秋场文作中途出现了,野关利江第一次从他那里得到了她所追求的东西。中年的他有一种悠然不迫的从容,有一种炽热的绵密。

野关利江渐渐地抛弃了沼田仁一,将自己融入秋场文作的充实当中。比如,周二和周五绝对是用于和秋场文作约会的,不再顾及沼田仁一。

6

野关利江对秋场文作热情高涨的时候,正是沼田仁一受到冷落的时候。考虑到西岛卓平会来,晚上八点以后,野关利江禁止他打电话给她。那段时间,沼田仁一确实是控制住了自己,可其他时间即便他多次打电话给她,野关利江也大多不在,其中也有显而易见的假装不在。

沼田仁一明白自己被抛弃了,同时也直觉到女人有了别的情人。能让野关利江那么投入的,一定是一位比她年长的男人,年轻的沼田仁一因那个看不见的男人而产生了挫败感,以及对那个男人的憎恶感。

沼田仁一对那个男人姓"YOSINO"深信不疑。

"傻瓜!"

野关利江虽然对他的猜测一笑而过,但是他越来越确信自己的推测。

不过,那会是个什么样的男人呢?野关利江在麻布的高阁上过着与世隔绝的生活,没有一个男人会去她家,她好像也不会和男人一起出去。

沼田仁一觉得,唯一能够想到的就是她的金主西岛卓平公司的职员。这个想法看似离奇,但是除此之外,他想不到有其他的可能。职员与会长情妇私通,看似不合情理,不过,如果只有她和西岛卓平这两个关键人物的话,只能从西岛卓平周围的人来排查。

沼田仁一向在西岛电机文书处工作的校友借来了西岛卓平所经营的各公司的职员名单。

"你看这种东西干什么?"叫小桥的男性校友问道。

"想到个人,找找看。"沼田仁一敷衍道。

"对了,你们公司有个叫吉野的人吗?"

"吉野?"

小桥歪着脑袋想了一会儿:

"我没听说过这个人。我是文书处的,如果有这样名字的人,应该会记得,可是没有印象啊。可能是西岛系统其他公司的职员吧。这份名单应该连临时雇员都包含在内的。"

"是吗？谢谢。"

沼田仁一非常用心地查看了各公司的员工名单，可姓吉野的人似乎较少，没几个同姓的。他把仅有的姓"吉野"的几个人一一拿来查看，发现他们有的在大阪或福冈的分公司，有的比他还年轻，没有一个符合条件的。那么，那个名字真的是"良子"这个女人的名字吗？不，不是的，那一定是一个男人的姓氏。野关利江那时候喊出的那个名字，是源自激动的一种神经错觉，或者是一种习惯。这么想来，沼田仁一感觉出对方是一个比自己更能让她陶醉、与她约会更加频繁的情人。

沼田仁一神经高度紧张，焦躁不安，就连工作都心不在焉了。他被妄想和嫉妒折磨着，脸色愈发苍白，心脏如同奔跑时一样，"怦怦"跳个不停。野关利江的爱情像海水一样退去，从他身上不断地减少，慢慢枯竭。而退去的部分正汹涌地流向其他男人，打着旋儿地奔涌着。

"好吧，无论如何，一定要把这件事弄清楚。"他想。

沼田仁一有时蹲在野关利江位于麻布的家门前，有时在那周围徘徊，多次企图瞅着她外出时尾随跟踪。但是，野关利江总是让女佣帮她预定好出租车，在家门前坐上车。这附近公交车较少，沼田仁一没法跟在她后面。另外，他也不知道野关利江何时会外出，所以也没法雇好出租车在附近等待，也没有那么多钱去那么办。他还要去公司上班，时间受限。最终，他的监视和跟踪失败了。野关利江要么待在家里没出来，要么出门了压根儿不在家,要么在家门前直接坐上出租车一走了之,只剩下他一个人在怒火中烧,血液倒流。

野关利江厌烦了沼田仁一,她的热情一点点地冷却。最后,她寄来了一张明信片,真的逃走了。野关利江藏到了一个沼田仁一看不到的地方。明信片上写着:不要找我。那意思既可以理解为"找也白搭"的绝情,也可以理解为"请让我保持这样的生活"的哀求。野关利江一定是跑到了情人那里,就在某一个屋檐下生活着。但是,沼田仁一却没法找到线索。她也许就在东京市区,也许去了外地。

冬去春来,季节更替。樱花开了,人群聚集过的地方,地面上落满了脏乱的花瓣。静静的细雨落到花瓣上,一场春雨一场暖,春雨呼唤着暖和的天气。

四月过半,秋场文作接到独自去九州的福冈分公司出差的命令。那是因为他很久之前在工作上频频提议的一个方案,总算得到了上司的认可。出差被安排在两天之后。

"原来是今天啊。"到了那天,当秋场文作临行前去告辞时,上司说道。

时间是四月十九日。上司在秋场文作拿过来的出差计划表上盖了章。他看着表低声自语道:

"哦,坐'筑紫'啊。"

发往博多的特快列车"筑紫",二十一点三十分从东京出发,预计在第二天十九点十八分到达博多。秋场文作的计划表上那样写着。

"你是第一次去博多吗?"

"嗯。"

"那里可是鸡肉火锅的发源地。那家店叫什么名字来着?我曾经在一家能看见海的料理店里吃过。那家店景色也很美,料理也好吃。估计分公司会举行欢迎会招待你,你可要吃得肚子都鼓起来啦!"

秋场文作在上司面前露出了恭敬的微笑。

当晚,四个主任级别的部下在东京站为他送行。毫无疑问,九点三十分火车开动之后,他们就会跑去银座等热闹的地方喝酒。为他送行是一个很好的聚会借口。

发车之前,他们在月台上闲聊着。周围的旅客行色匆匆,他们却轻松兴奋地聊着天。

"听说会长最近心情很不好啊。"一个主任跟同事说道。

"他的心情一直很不好,听说最近更差了。大概是麻布情妇逃走,他受到打击了吧。"

大家都笑了。野关利江两个月前失踪的事,已经悄悄传开了。大家一致认为,野关利江有了年轻的恋人,两人私奔了。

每次提到这个话题,秋场文作总是装作若无其事的样子,侧耳倾听着。现在,他也是背对着即将乘坐的二等列车特别车厢,抽着烟,眼睛看着别的方向,耳朵留神听着部下的话。

"部长,您不知道吗?"一个人问道。

"知道什么?"

"会长的心情。您不是去会长府上参加早上的企划会议了吗?"

"我可不太清楚啊,我毕竟是坐在末位坐席上的,连说话的机会都没有呢。"

秋场文作是在回避问题。实际上,西岛卓平在会议上怒吼是司空见惯的事,确实看不出其他什么变化。自野关利江失踪以来,最用心观察西岛卓平变化的就是秋场文作。即便是从末位坐席上观察,他也只能看出这位七十岁的会长依然专注于公司事务、新企划和经营业绩。秋场文作大为赞叹,同时也悄悄地放心了。

"听说,麻布那个女人的对象是比她还小的年轻男人。"一个在公司里有"消息通"之称的头发稀疏的男人说道。

"我是从麻布的一个女佣那里偷偷打听到的。她说有一个二十五六岁的年轻男人经常给她打电话。因此,警察估计那个男人就是麻布的利江小姐的对象。"

秋场文作脸上故作平静,竖着耳朵一字不漏地听着。

"是吗?警察为什么要调查这种事呢?"另一个人问道。

"这个嘛,因为会长也还是担心她啦,好像已经发布寻人启事了。还有,利江小姐的失踪也许并非是单纯的离家出走,也就是说,她可能在什么地方被杀害了。"

就在大家听得眼睛放光的时候,发车的铃声响了。秋场文作从他站着的地方挪了挪身子。

"各位,让大家陪我到这么晚,实在不好意思。我走了。"

众人也忙乱地纷纷向他行礼,说着"一路顺风""您辛苦了"之类的话。

秋场文作在明亮的灯光下,坐到了二等列车套着白色椅套的座椅上,他透过窗户向送行的人挥手道别。

列车远去之后,送行的人沉浸在一种说不出的空虚感中,为了填补这种空虚,他们朝银座走去。

7

从那以后,季节又发生了变化。阳光越发耀眼,几乎要把柏油路融化了。接着,漫长的夏日开始令人感到疲倦。

九月中旬,报纸上刊登了第一场台风从九州北部经过的消息。又过了两三天,同一家报纸上出现了这样一则报道:

"九月十六日早上,在山口县丰浦郡××村的山林中,四处查看台风过后村庄受灾情况的村民 A 先生,在一棵被台风吹倒的树木与地面的裂缝中,发现了一只女人的脚。他立即到该地区的警察局报了案。经过验尸,警察发现尸体已经部分白骨化,其身上穿着冬天的大衣和西装。据推断,死者已经死了七八个月了,脖子上有绞杀的痕迹。警察根据遗物中的银行存单,查明死者为东京都港区麻布××,无业人士野关利江小姐(三十一岁)。野关小姐在今年二月中旬前后从自己家里离家出走后,一直杳无音信。警方曾经发布过寻人启事。陈尸现场在山阴干线吉见站附近的山林中,是个人迹罕至的地方。据此推测,野关小姐大约在二月份与凶犯一起离开了东京,来到吉见,被凶犯诱至山林后勒死并埋尸。警方对事件原因进行了调查,发现一个自称大田的二十五六岁的年轻男人曾经多次往野关小姐家里打过电话。警方怀疑这个男人就是凶犯,因为感情纠纷杀害了野关小姐。目前警方正在搜寻那个在电话中自称'大田'的青年。"

沼田仁一读了这则报道后非常吃惊。他既惊讶于野关利江二月份离家出走后被人杀害的这一事实,也震撼于自己不知何时成了凶犯这一点。

沼田仁一的精神受到了巨大的打击。如果说野关利江已经死了七八个月了,那么凶案应该是在她给自己发来那张明信片后没多久发生的。他原本以为,她和新情人找了个地方躲了起来,可实际上却是被勒死在本州西边山口县的山林中,然后被埋尸地下。

沼田仁一想到警方正在一点点地缩小搜捕范围,马上就要逼近他了,不禁心跳加速。被警察带走、审讯、与野关利江的情事曝光,在经历这些令人不快、烦闷漫长的过程之后,他虽然会被无罪释放,但是也将成为公司上司蔑视、同事们嘲笑的对象,搞不好还会被开除。

沼田仁一想去警视厅说明情况,可他意识到那样做结果也是大同小异,而且,仅靠电话的声音和"大田"这个化名,警方恐怕也很难找到自己,与其强出头,还不如保持现在安全的状态。

但是,除了沼田仁一,还有一个人躲在一个安全的地方。他才是杀死野关利江的真正凶手。他夺走了野关利江的爱情,并使她抛弃了沼田仁一。他似乎是个非常狡猾的男人。此人从不往她家里打电话,他们幽会的方式事先极其巧妙地商量好了,在隐秘中让野关利江充分沉浸在欢愉之中。那是一个经验丰富的中年男人,有厚实的肌肉和宽阔的胸膛。他和野关利江开始交往大概是在一年前。从那时起,野关利江对沼田仁一的热情就开始减退了。那个男人没让任何人看见,就十分隐秘地绑架了野关利江并杀害了她。

可是,男人隐藏的真面目有一小部分一闪之间露出来了,是野关利江脱口而出的。她喊出"YOSINO"的声音里充满了情感。那个夺走了野关利江的爱又残杀了她的人,就是这个"YOSINO"。

这个男人会在哪里呢?难道是一个想象不到的环境中的人物?沼田仁一苍白的脸上冒着汗,两眼放光,陷入了沉思。但是,和野关利江的生活有联系的只有西岛卓平,还是应该从西岛卓平这条错综复杂的线上来寻找答案。

可是,西岛麾下各公司的职员名单里,并没有符合特征的人。

到了九月末,报纸上依然没有已经查明了或是逮捕了杀害野关利江的凶犯的报道。沼田仁一又订了另外两份报纸。

结婚季临近,报纸的女士版出现了关于新娘礼服和结婚费用之类的报道。沼田仁一心不在焉地读着这些。对他来说,这些事都还早着呢。看这些只不过是搜寻自己想要的报道未果后偶然间移动了一下视线而已。

沼田仁一乘公交车上班去了。新娘礼服的报道忽然在他的心头闪现。他跳了起来,因为脑海中闪现出了一个巧妙的办法。

他做好了上班迟到的思想准备,先去见了西岛电机文书部的朋友小桥。小桥来到前台,沼田仁一将他带到了远离前台的地方,迫不及待地问道:

"喂,我说,你们公司里入赘女婿多吗?"

"这个嘛,应该有吧。"

"入赘就会改姓,你那里有他们入赘之前的旧姓吗?"

"查这个有点儿麻烦,要对照职工身份记录簿,一一查看才行。"小桥似乎有些不高兴。

但是,第二天,小桥没有用公司电话,而是打公用电话通知了沼田仁一其所询问之事。

"喂,终于搞清楚了啊。"

"是吗?那个人是谁?"

"不知道你在查什么,不过,这种事是公司机密,可不能跟别人说啊,说了我可就麻烦了。"

"我知道啦,你放心吧,我不会对任何人说的。那么,那个人是谁?"

沼田仁一因为期待而心情澎湃。

"是调查部部长秋场文作。他结婚前的旧姓是吉野,也就是说,他是入赘女婿。"

"是调查部部长吗?"

沼田仁一凭直觉判断,那男人应该差不多是在这种职位上。他将秋场文作这几个字挨个儿问了,一一写到笔记本上。

"那个秋场先生是个什么样的人呢?"沼田仁一调整了一下呼吸问道。

"他是个很能干的人,还不到四十岁呢。去年秋天,刚从科长升到了部长。周围的人对他的评价很高。"

去年秋天?在沼田仁一的记忆中,那正是野关利江对他的热情急剧冷却的时期。这个男人在那时升任了部长,这事似乎也是别有深意。

"我说,"沼田仁一继续拜托道,"你能不能找机会让我偷偷地看看那个秋场先生?隔着走廊的玻璃窗看就行了。"

"这倒没问题。"朋友有些担心地问道,"你见他不是因为什么见不得人的事吧?"

"绝对没有那种事。我不会给你添麻烦的。"

朋友答应了。

午休时间,沼田仁一从公司里溜出来,又一次拜访了位于丸之内商业街的西岛电机。朋友出来迎接了他。

"听说秋场先生现在刚刚吃完午饭回来。"

他被带到了调查部门前。在这座整洁的大厦里,玻璃窗内的办公室十分宽敞。

"看,就是右边那张大桌子前的那个人。"朋友在走廊里偷偷指着一个人跟他说道。

沼田仁一第一次见到了秋场文作,和他想象中的人物形象大相径庭。他本以为秋场文作是一个肩膀宽阔、精力旺盛的男人,谁知却是一个瘦削且精干的人,不过他的身躯却像运动员一样紧致结实。他的眼睛大而有神,鼻梁高挺,双颊有些下沉,眼窝凹陷,而这又恰到好处地形成了一种知性的阴影。秋场文作坐在大家留出的单独空间中的大桌子前,正在看文件。

沼田仁一只看了一眼,就对秋场文作是野关利江的情人这一点深信不疑。

虽然数据仅仅显示了秋场的旧姓是吉野,但是,即便沼田仁一不知道这一点,只在熙熙攘攘的大街上看到这个男人,似乎也能辨认出他就是野关利江的情人。他确实属于那个女人会喜欢的那种类型。这种感受来自男人的直觉,他从秋场文作身上嗅到了野关利江的气息。

就是那个男人将野关利江的爱情吸得一干二净了吗?他随心所欲地操纵着那个女人的肉体,并使其心灵崩溃了吗?沼田仁一凝视着那个男人,一种无法排遣的自卑和憎恶涌上了心头。勒死野关利江的凶手一定就是那个若无其事地翻看资料的男人。

"谢谢。"

道谢后离开现场的沼田仁一两腿发抖,虚弱无力。

在回去的路上,他想报警,但是他没有任何证据表明秋场文作和野关利江有男女关系并且杀害了她。这些不过是他的直觉罢了,也许是事实,但缺乏客观根据。这样的情况下,报警也没有意义,警方应该不会接受他的说法。

有没有能抓住秋场文作尾巴的证据呢?沼田仁一绞尽脑汁地想着,终于想到了一个好主意。

8

野关利江的尸体是在九月十六日发现的,根据验尸官的推断,死者是在七八个月前死的。这个时间跟她离家出走的时间一致,这一点是十分明确的。秋场文作当时应该马上将野关利江带去了山口县的案发现场吧。

如果是这样的话,那段时间秋场文作应该是不在公司里的。沼田仁一从书店里买来山口县的地图查阅了一下,有一条从下关沿着西海岸向北的铁路——山阴主线。它一直延伸到荻市、滨田方向的北海岸。

因为要往返于东京和下关两地,所以秋场文作在今年的二月份或三月份,一定会有三天以上的缺勤时间。坐快车去下关需要花费二十一个小时。晚上从东京出发,第二天傍晚才能到达下关。在那里换乘山阴线,再到离凶案现场较近的吉见车站,还需要三十分钟。

沼田仁一又把西岛电机的小桥叫了出来。

"总是麻烦你,非常抱歉啊!能否再帮我偷偷查一下出勤表,看看秋场先生在二月份或者三月份,有没有休过两三天假呢?"

朋友起了疑心。

"上次就觉得你很奇怪,秋场先生有什么异常吗?"

事情到了这一步,沼田仁一为了寻求他的协助,也不得不在一定程度上摊牌了。

"你知道会长的麻布情妇在山口县被害一事吧?"

"当然知道了,报纸上都登出来了嘛,而且在公司内部也引起了热议呢。"朋友点了点头。

"就是这件事!我总感觉秋场先生有些可疑呢。"沼田仁一压低声音说道。

朋友惊得目瞪口呆。

"哎?秋场先生吗?他怎么可能做那种傻事!他可是个很优秀的人。"朋友断言道。

"你有什么确凿的证据吗?"他又似乎很感兴趣地问道。

"我想到了一个线索,不过,如果不搞明白秋场先生是否休过假,不敢随便说。如果他二三月份中有几天连续的休假的话,我就全都告诉你。"

"是吗?好吧。"

因为关系到自己的公司,朋友似乎很感兴趣。

"我这就去查,你等一下。"说完,他就疾步离开了。

秋场文作那时应该是休假了,两天或者三天。这事也并非两天时间就无法做到,但是那样无疑条件会受限,做起来非常困难。

抽完一支烟,朋友回到了沼田仁一等着的地方。

"怎么样?"沼田仁一扔掉烟头。

"不对呀,二月份也好,三月份也好,他一天都没有缺勤过,全都盖着出勤的公章呢。"朋友汇报道。

沼田仁一惊愕不已。这不可能,他肯定休过假。

"即使你说那不可能也没有办法,出勤表上就是明明白白地盖着出勤的公章呢。"朋友抗争道。

"不会是有人帮他盖章了吧?虽然他本人没来,却搞得看起来像来了一样。"

"说什么傻话!这可不是学校,可以代替别人签到。部长休假可不是小事。在一流公司里,替别人签到的把戏可行不通。"

这倒也是。

"不过,从四月十九日开始,有五天时间,秋场先生去福冈出差了,不在公司里。"朋友又补充上一句。

"四月十九日吗?那个时间就不在考虑范围内了。"

据推测,尸体是死后七八个月发现的,人是在冬天死的,身上还穿着冬天的大衣和西服。沼田仁一用力往地上吐了口唾沫。唾沫在干燥的地面上滚动着。

但是,沼田仁一依然坚信,秋场文作就是把野关利江带上火车、骗到西部并勒死的凶手。这已经成了一件确凿无疑的事。别人不知道,可他深信:此人和自己分享过同一个女人肉体,他的直觉不会有错。

沼田仁一的眼里,清晰地浮现出了秋场文作修长的身影,他正和穿着冬季外套的野关利江并肩前行。女人的那件外套,沼田仁一也知道,一定是他和野关利江刚认识那会儿,她新买的那件。她似乎非常中意那件衣服,曾经向沼田仁一寻求过赞赏:

"这件衣服很漂亮吧?"

她得意地向他炫耀着那深紫色海豹皮的光泽。外套里面穿着紫色的西装。他转到她的身后,从她的肩上滑落下来的那件高级尼龙内衣也是淡紫藤色的。

"真是一个喜欢紫色的女人。"

沼田仁一这么一说,她心满意足地回答道:

"是呀,我最喜欢紫色了。以前有本书上说,紫色贵气,是贵族颜色。"

"据报纸新闻说,一部分已经腐烂成白骨的尸体上穿着冬季的外套和西装。所以，一定是那件紫色的衣服吧。"沼田仁一推想道。

不过，从那件外套上，他又想到了一点。

女人的外套是冬季穿的。秋场文作去博多出差的五天是从四月十九日开始的，是晚春和初夏交界的时间。这两者无法贴合。

季节乱套了。女人穿着那些衣服的那段时间里，秋场文作一天都没有向公司请过假。秋场文作离开东京的五天时间里，又不在女人穿冬天衣服的时间范围内。

沼田仁一考虑再三，最终想到了，女人的那身衣服，未必是女人当时穿着过去的，也许是塞在行李箱里带过去的，她身上穿着去的衣服是其他季节的。这样一来，两个相互矛盾的条件就可以同时存在了。

沼田仁一倚靠在桌子上，将自己深思熟虑的结果写在纸上，进行总结。

①二月十五日，野关利江穿着冬天的衣服离家出走。

②四月十九日，秋场文作去博多出差五天。野关利江与他同行。此时，秋场文作将女人冬天的衣物悄悄塞进行李箱，女人则穿着离家出走后购买的当季衣服去旅行。

③博多之行的往返途中，秋场文作在野关利江的陪伴下，在下关车站换乘山阴主线，在吉见车站下了车。然后，

秋场文作又编了个借口，将女人骗至案发现场，在山林中勒死了野关利江。然后，凶手将死者的衣服换成了行李箱里的冬季服装，挖了个坑，将死者埋进土里。秋场文作下了山，再次去了下关，乘上了山阴线。

④九月，尸体被发现。

但是，这里面存在各种矛盾和问题，沼田仁一注意到了这些。最大的矛盾是死亡时间问题。九月份发现尸体，如果死者已经死了七八个月的话，那么，死者应该是在二月份或三月份遇害的。这与野关利江离家出走的时间吻合，可是又与秋场文作去博多出差的时间不符，两者存在大约两个月的偏差。如果这个推断的时间是正确的，那么那个月里一次都没有缺勤的秋场文作就有不在场证明。

但是，他想，是不是死亡时间在五个月以上，即便查看尸体也无法做出正确的判断呢？既然验尸的是乡村医生，那么有两三个月的误差也是有可能的。特别是在这种情况下，凶手企图将警方的推断导向这个错误的方向，于是给死者换上了冬天的衣服。医生一定是因为死者的衣服受到了迷惑，产生了一种死者是在冬季死亡的强烈印象。沼田仁一觉得这个问题已经解决了。

第二个问题是，秋场文作将冬天的衣服塞进行李箱，野关利江为什么没有怀疑呢？四月二十九日出门的话，行李箱里应该塞一些夏天的衣物才对。这难道是因为野关利江并不知情吗？也许是秋场文作趁她不在的时候，将衣服塞进了行李箱，然后装作若无其事的样子。

最后一个疑问，是①和②之间的矛盾。二月十五日离家出走的野关利江，如果在四月十九日和秋场文作乘同一趟火车的话，那之前的六十三天时间里，野关利江是处于失踪的状态。秋场文作大概在那期间，将野关利江藏在一个秘密地点吧。他制定了详细的计划，一定会在外界毫不知情的情况下，将野关利江秘密安置在一个不为人知的公寓之类的地方。沼田仁一可以想象得到。

但是，更为重要的是，要查清楚秋场文作四月十九日出差旅行的详细情况。

沼田仁一跟西岛电机的小桥一说，他很感兴趣，接受了调查一职。

"喂，不对呢。"小桥来找沼田仁一汇报结果时说道，"秋场先生在四月十九日坐'筑紫'快车到博多，中途没有下车，是直达的，而且没有同伴。他的几个部下去东京站的月台上为他送行。我问了那其中的一个人，听说他是一个人。然后，那辆列车在二十号的十九点十八分到达博多站，是分公司的人去接他的，所以，毫无疑问是直达的。回程吗？听说他是和去东京的分公司经理一起回东京的，是从板付乘日航的飞机到羽田机场的。"

9

沼田仁一心想：对了，有飞机呢。不是出差往回走的路上，而是去往出差地的路上。

案发现场是在山口县西海岸的山林里。即便坐飞机去，从博多返回下关也太远了。飞机到达的是距离博多较近的地方。他翻了翻航空公司的时刻表，了解到日航的飞机不降落，而全日空的飞机会到小仓。

全日空飞机八点从羽田机场起飞——十一点十五分到大阪——十四点十五分到小仓。

另一方面，他又记下了"筑紫"快车的时刻表。

二十一点三十分从东京出发——十八点二十三分到下关——十九点十八分到博多。

把时间这么一一列出来，沼田仁一对比着看了一下。

如果秋场文作上午八点乘全日空的飞机去的话，十四点十五分就能到达小仓，当然，从飞机场到小仓大概还需要一些时间吧。即便如此，十五点也能到达小仓。根据时刻表来看，他是能坐上十五点二十七分出发的、去下关的列车的。到达下关是在十五点四十五分。沼田仁一问了铁路咨询处得知：从下关乘出租车抓紧时间赶路的话，差不多十五分钟左右就能到达吉见。从那里进入附近的山林中作案，回去再次乘坐出租车，十五分钟到达下关。沼田仁一经过一番计算，最终得出了结论：因为前一天晚上二十一点三十分从东京站出发的"筑紫"快车，在十八点二十三分会到达下关车站，所以秋场文作作案后，是可以坐上它的。这样一来，他就可以按照原定计划到达博多车站，见到接站的人了。

也就是说，秋场文作虽然在四月十九日从东京站坐上了二十一点三十分发车的"筑紫"快车，但是在半路上浪费了快车的车票，到品川站下了车，住了一晚之后，乘二十日八点羽田机场出发的全日空飞机。他在小仓下了飞机，去了下关，目的达到后，再次乘坐前一晚从东京乘坐过的"筑紫"快车，只买了从下关到博多的快车票，上车了。这样，他看起来就好像是从东京一直坐到了博多一样。

那么，野关利江当时在哪里呢？恐怕是当出差日期确定下来之后，秋场文作声称要带着她去旅行，提前商量好了，让她十九日晚上在品川的旅馆等着跟他碰头吧。二十日早上，两人乘飞机到达小仓，去了山口县的犯罪现场。野关利江是有钱人，不愁买机票。

沼田仁一这么一想，心中的另外一个疑团也解开了。秋场文作大概是让野关利江先行去了品川，趁她不在家，偷偷地将紫色的冬季衣物塞进行李箱带了过去。野关利江不可能怀疑。

完成这个推理后,沼田仁一发自内心地欢呼起来。

但是,可以用这个推理向秋场文作发起攻势吗?这不过是沼田仁一的推断而已。推断虽然合理,却没有任何证据,即使以此逼问秋场文作,对方也会镇定自若。估计他只会以其中年的稳重嘲笑自己吧。

沼田仁一苍白的脸上燃起了斗志,既然秋场文作乘坐过全日空的飞机,那么乘客名单中应该有他的名字,但恐怕他用的是化名。沼田仁一左思右想,终于想到了一个识破化名的方法。

沼田仁一去了航空公司的办公室,说了一个冠冕堂皇的理由后,要求负责人给他看了四月二十日去小仓的飞机上的乘客名单。飞机乘客人数为三十人,但是因为这趟飞机还为从大阪出发的乘客预留了座位,所以从东京出发的乘客有二十五人,他很容易就抄写下来了。

虽说他要抄写名字,但是没有必要全部抄下来。他将男女的年龄与秋场文作和野关利江比较一下,锁定范围就可以了。略去二十多岁和五十多岁的男人,再去掉四五十岁的女人。

在抄写那些名字的过程中,沼田仁一忽然感觉诧异,将目光停留在一个地方。旅客名单里,有一个叫"春野雪子"的名字。这是一位年轻貌美的当红女演员,一位正处于人气上升期的明星。她也去了小仓吗?他再仔细一看,发现当时的乘客当中,职业一栏写着电影公司的客人很多,他们似乎是要去九州拍摄外景。

沼田仁一给抄下来名字的十六个人分别寄出了明信片。明信片上随便写了点儿内容，只是普通的季节问候而已。寄出去的地址和名字都写得很准确。收到明信片的人想必会因为收到陌生人的问候而惊讶吧。到时候，邮局因"收信人不明"而退回的明信片的收信人就是客机上的化名乘客。

退回来的明信片正是发给两个人的。"山本次郎"和"山本文子"，是一对平凡夫妇的名字。名单上写着男人四十岁，女人二十八岁。住址处写着高元寺××，可是杉并邮局却用红笔标注着"收信人不明"。沼田仁一红红的嘴唇上浮现出一丝笑意。不出所料，他发现了秋场文作和野关利江的踪迹。

但是，这一点是否具有实证的价值呢？只凭这一点是否会使秋场文作感到恐惧呢？证据似乎依然不够充分。

沼田仁一去了经常光顾的那家咖啡店，他陷入了沉思。这里是他和野关利江曾经约会过的咖啡店。如今这里也依然光线昏暗，拉赫玛尼诺夫悠扬的钢琴曲在店内飘荡着。那是甜美、热情的旋律。野关利江的脸仿佛出现在他的面前。店内的气氛和音乐与三年前两人相遇时没有什么不同。这是一种甜美的静谧，丝毫没有让人感觉到中间夹杂着激烈的情节——野关利江抛弃了沼田仁一，倾心于秋场文作，从西岛卓平的情人住宅里出走，最终被自己投奔的情人杀害。

就连野关利江喜欢穿的衣服的颜色，也在他的眼前清晰地出现了。那是她喜欢的紫色,是从前贵族们的颜色。沼田仁一的目光浮在半空,仿佛听音乐听得入了迷。

墙壁上挂着雅致的电影海报。在昏暗的灯光下,春野雪子的脸上浮现出淡淡的微笑。沼田仁一眼里映出在小仓机场的她,被很多摄影记者包围着的情景。

10

沼田仁一开始给秋场文作写信。信封上没有寄信人的姓名,信封里也没有只言片语。

信封里只放一点紫色的布片或纸片。

这世上最明了紫色的意思的,无疑是秋场文作。他在日本西部的山林中,给死者换上了紫色的西装和紫色的外套。说不定,他还给她穿上了那件淡紫藤色的纱一样的内衣。他的大脑一定会对紫色产生强烈的反应。

每四天,他就会给秋场文作寄出一封这样的匿名信。信封里放的东西,有时是一片布,有时是从印刷品上撕下来的纸片,有时是用水彩笔涂满颜色的纸,其颜色统统都是紫色。

秋场文作必然会对不知何人寄过来的紫色东西心生畏惧。沼田仁一想象着手拿紫色的布片或纸片、浑身颤抖的他。正是那双勒死她的手给她穿上了那种颜色的衣服,就是那双沼田仁一曾经隔着玻璃窗看到的、在一张很大的桌子上翻阅资料的手。

三周后,沼田仁一第一次在信封背面写上了名字,写的是"山本文子"的名字,而紫色的物品不再寄了,信封里什么都没有。秋场文作无疑会认为是收到了来自亡灵的信件。

有人知道他的罪行,而且近在咫尺,在一个他看不见的地方。秋场文作大概会两腿发软吧。年轻的沼田仁一仿佛看到了他的不安、恐惧、焦躁和烦闷。

这项工作结束后,沼田仁一又开始了新一轮攻击。此时,信封背后的名字换成了"山本次郎"这个男人的名字。这是秋场文作前去杀人时给自己取的名字。他收到了自己所化名的那个人的信。

这次信封里像一般信件那样,包含着书信内容。那是一些含有很多数字的语句。

"筑紫" 东京 二一·三〇 品川 二一·四一 下关 一八·二三 博多 一九·一八

"全日空" 羽田 八·〇〇 小仓 一四·一五

信纸上仅有这些内容,但是对秋场文作来说,这些内容大概比长篇大论更容易理解吧。

从模糊到有形,从抽象到具体——沼田仁一故意增加着攻击的强度。秋场文作一定会逐渐崩溃,用手撑住额头,一屁股坐在地上。

数字攻击五次后结束了。

沼田仁一考虑再三,在信纸上写下了这样的内容:

秋场文作阁下:

　　我给您寄了很多信,想必您已经注意到了。您应该是最清楚的,而我也跟您一样清楚所有的事。对野关利江小姐,在某种特别的意义上,我也和您差不多同样程度地了解。这么一写,您大概会想起一直往利江小姐家打电话的那个年轻男子吧?是的,那就是我。报纸上说,警察目前锁定我就是凶犯,正在展开搜查。这对我来说,非常不妙,可对您来说,却是一件可喜可贺的事。

　　这些天来,我给您寄了许多信件和紫色的东西,还有写着山本文子名字的信、飞机和列车的时刻表之类的东西。您一定很吃惊吧?不过,仅有这些东西,您还是安全的,因为即使我知道了真相,也没有任何证据。您可能会很害怕,但不会被逮捕。

　　但是,有一件事对您不利。您和利江小姐从羽田乘全日空飞机飞往小仓的时候,正巧和在拍摄××电影的春野雪子乘坐了同一班飞机,这一点您还记得吧?此外,还有其他一些和电影相关的工作人员也在那班飞机上。他们大概是去九州拍摄外景的吧。

春野雪子是一位人气明星。因为明星要来,所以当地很热闹。地方报社早已在机场架好了相机。春野雪子亲切地从飞机上走下来。她下了舷梯、走向机场大门的时候,夹杂着业余摄影师的摄影人士争相按下了快门,拍照声不绝于耳。这是我的想象,不过应该没错吧。让人头疼的是,春野雪子身后跟着一群乘客,你和野关利江就在那群人中。您一定非常小心,但也不可能一直留在飞机上躲着。您恐怕是俯身低头,尽可能地躲避那各式各样的镜头吧。可是,摄影师太多了,从各种角度拍摄的照片太多了,防不胜防也是正常的,您和野关利江小姐都被清清楚楚地拍进照片里了。

春野雪子在四月二十日四点十五分抵达小仓机场,下了飞机。这是个问题,因为您那时候应该正乘坐着'筑紫',独自一人欣赏广岛附近的景色才对。还有,原本应该是在寒冷的二月被害的野关利江小姐,却没有穿冬季的外套,而是一身春季的打扮,出现在您的身旁。那里可是一个小时左右就可以到达犯罪现场的小仓机场啊。

照片就是确凿的证据,无情的镜头准确地记录了人脸,它比一万个人的证词还有力。

我说了这么多,您也知道那张底片有多么贵重了吧?它值得您拿一切东西来换。它是一张能够剥夺您的社会地位和生活,让您坠入人生低谷的危险的底片,可怕的底片。

您一定很想要吧？我不知道您为什么杀害了利江小姐，也许是因为您厌倦了她的缘故吧。我还爱着利江小姐，无法忘怀她。她却抛弃了爱着她的我，投入了将夺去她生命的您的怀抱，这是她的不幸。但是，我并不想报复您。如果我和利江小姐的关系昭然于世，我在公司里的日子也不会好过，所以我并不想报警。我因年轻而十分贫穷。那张照片是我偶然从一个朋友那里看到的。拍摄照片的摄影师是九州某报社的人，是我朋友的哥哥。我拜托他寄给了我。

我不会装腔作势，请您买下这张底片吧。我收集了其他报纸照片看过，都没有照到您和利江小姐的模样，照到的只有这一张，它非常贵重。它是一张会夺走您的社会地位和生活、将您逼上绝路的可怕的底片。我很贫穷，但还年轻，不会向您索要太多金钱，二十万日元就够了。可以的话，请您于×日晚上八点整，到新宿站北入口处的电话亭那里。我会穿一身西装，为了让您认出我，我会摘掉领带，手里拿一件茶色的雨衣。不管那天天气如何，我都会拿着雨衣前去。

那么，我等您，请多多关照。

这是一封很长的信，字也写得很烂，但是秋场文作大概比读任何宗教圣书都读得严肃吧。

沼田仁一拿着那个厚厚的信封上街去了。电车在疾驰，汽车在飞奔,人们匆忙地走着。他的周围尽是一成不变的风景。他走近红色邮筒,将那封信投了进去。邮筒里传出了信封落到邮筒底部的声音。

沼田仁一听到那声响之后,就打电话去了。

第三天的晚上,沼田仁一拿着一件茶色的雨衣,穿着一身旧西装,没打领带,悄然站在新宿车站上。

车灯和行人川流不息。各种各样的声音不断地涌动着,不绝于耳。他凝视着眼前的光景。

一个黑影靠过来,用手指戳了戳沼田仁一。那是一位个头很高的中年绅士,他露出的正是沼田仁一从走廊外面隔着玻璃窗看过的那张脸。

"给我寄信的是你吧?我是秋场。"他的声音低沉且干涩。

"是的,钱带来了吗?"沼田仁一抬头看着他。

"嗯。"

绅士将一个用报纸包着的东西放到了他的手上。

沼田仁一打开纸包,用眼睛确认了一下里面的东西,是二十万日元的纸币没错。

"把底片给我。"买主催促道。

沼田仁一从口袋里掏出一个里面什么都没有的廉价茶色信封递给他。

秋场文作垂下眼帘,看着信封,他想打开信封查看里面的东西。

正在这时,两个在附近闲逛的身影悄悄地靠了过来。

"警察先生,凶手就是这个男人!他为了买底片拿来的二十万日元就是证据。"

沼田仁一瘦长的手指笔直地指向了秋场文作的胸口。

二楼

1

竹泽英二在疗养院待了近两年,可病情丝毫不见好转。在同院病友的建议下,他向俳句杂志社投寄过一些稿子。有一段时间他热衷于俳句创作,但是最近对这些也感到厌倦了。随着收到回复的希望越来越渺茫,他对疗养生活也渐渐感到倦怠和绝望。

疗养院建在一片海边的松林中,从东京出发需要两个小时才能到达这里。幸子每个月的一号和十五号来这里探望他两次。这两天是家里经营的印刷厂休息的日子。

"生意怎么样了?"英二一见到妻子就问。

经营十多年的家业,他自然十分上心。幸子把经营业绩的记录拿给他看。从销售金额的账款里,扣除纸费、墨费、铅印费、机器折旧费和修理费,还有一个外勤人员、五个职员、两个勤杂工的工资及其他杂费,剩下的就是生活费和英二的疗养费了。

幸子每月一号去疗养院的时候，英二一定要看看这个月的数字才能安心。

"你一个女人家不容易啊，多亏你这么能干。"丈夫称赞道。

小厂每个月都在盈利。

"你不在家，我必须要拼尽全力啊。"幸子道。

"谢谢啦。你的业绩比我在时的业绩还要好呢。"

"不，你要是能回来该多好啊。我只是在拼命节省经费罢了。女人这点儿力量，只能做这种消极的事。"

"那些老客户的公司也是你在来回跑吧？"

"三宅先生一个人忙不过来啊。客户一来电话，我就骑着自行车飞奔过去了，顺便再转转附近的客户。可能大家都很同情我们，所以对我都很关照。即便和其他印刷厂竞争，只要价格相差不大，大家都会让我们做的。"

"做买卖也上手了啊。你很有头脑，对人也很热情。"

"没有啦！花了两年的时间，我大概是摸到窍门了吧。我现在面对账面复杂的估价单也不慌了。不过，我最近拿到的是长期票据，付材料费还有些费劲儿。"

对这夫妻二人来说，做生意是一种乐趣，虽然赚不到多少钱，但也不怎么亏钱。

"我也托你的福，得以躺在床上安闲度日了。"

英二扭过躺在枕头上的脑袋，十分满足地看着在旁边给自己削水果的幸子。

最近两个月，英二听到什么都是一副无精打采的样子。他的双眼不再像从前那样炯炯有神，他经常有气无力地望着天花板。

"幸子，我想回家了。"有一天，丈夫对前来探望的幸子这样说，"不管在这里躺着，还是在家里躺着，都是一样的。因为我都已经在这里忍耐了两年了，可还是这种状态啊。"

"说什么呢！治病可急不得。要有耐心，好好休养吧。不是好多人比你待的时间还长嘛，有些人都在这里住了三四年呢。"幸子反对道。

"待那么长时间的患者，都是已经没有希望的人了。"丈夫堆满皱纹的眼角生出笑意，"反正早晚要进那个组别的，我还是想在家里躺着啊。听听机器的声音，还能让我恢复点儿活力。家里的买卖，我躺着也能陪你商量一下。"

"家里的买卖没有问题的。我会一如既往地想办法努力搞定的。你还是不要太心急了，写写俳句，安心疗养吧。如果我一个月来两次你觉得寂寞的话，我就来三次、来四次。"

幸子努力安抚丈夫。英二的头发很干燥，鼻梁尖瘦，只有眼睛发亮。

"不，我想每天都和你在一起。"丈夫半开玩笑地说道。

"这个我也想，你提这种要求，太让人为难了。"

"不是为难你啦。你在这个正方形的小屋里蜷上两年试试，肯定会厌烦的。每天从窗户向外看到的风景都是一样的。我早上睁开眼睛就想：哎呀，今天又要和这家伙对一天眼啦。护士每天来量四次体温，医生每天上下午各来巡诊一次，饭每天吃三顿。进来的都是同样的面孔，一成不变。虽然患者们也会互相交换书读，可是过上两三天就一册不剩地全看完了。剩下的时间就只能对着天花板看了。感观的机能在不断地减退。我不想死在这样的地方。"

"死……"幸子倒吸一口冷气，无奈地凝视着丈夫，"老公！"

"没事啦！我不会马上就死的，只是被一直丢在这种地方，半夜三更睡不着觉，就会想一想日后的那些无聊的事。我需要的是精神气啊。如果精神被打败了，只怕连病情也会恶化啊。"

"但是，这里空气好，治疗服务也很周到啊。家里尘土飞扬的，也没有这里的医疗条件好。"

"治疗这方面，给我找个贴身护理的护士，就和这里差不多了。的确，楼下工厂的纸屑和尘埃是会飞上来，不过，只要注意通风就可以了嘛。总而言之，我已经没法在这个疗养院里继续待下去了，整个人都十分消沉。如果耳朵能听着印刷机的声音，眼睛能看到你的模样，连生意都能指手画脚的话，我自然就会有精神头儿，活力就会不一样。这是很重要的啊。现在我想要的是这个。光是这么想想，似乎就能恢复元气似的。拜托了，幸子，待在这里，我觉得自己快要死掉了。"丈夫恳求道。

他一直都是主意已定就不肯听人劝的人，相处了十五年，幸子了解丈夫的脾气。

但是,因为两人没有孩子,所以她有一种错觉,觉得他们刚结婚不久。这也许既是好处,也是不足。

两个月后,幸子接受丈夫的意见,让他出院了。这似乎是因为那个不足的原因。

出疗养院的那天十分寒冷。英二在车里被几条厚厚的毛毯包裹着。他一直像孩子一样用好奇的眼神高兴地东张西望,看着窗外的风景。在光线的照射下,他的嘴唇干裂,皮肤也失去了光泽,脸色苍白,毛孔突出,十分难看。

幸子看着他的样子,感到后悔了,心头涌起一种将车开回疗养院的冲动。

2

在自家住宅的二楼上刚一躺下,丈夫就高兴地眯着眼睛,简直要兴奋得拍手了。

"真好,还是自己家里好啊。这种心情只有我这种在别的地方躺过两年的人才会明白啊。"

楼下传来机器敲纸的噪音,以及工人们的说话声。

"就是这个,我做梦都想听这个呢。真好啊,好得没法形容。我的精神头儿似乎也回来了,幸子。"丈夫在床上手舞足蹈。

"太好了!可是,我还是担心呢。"幸子战战兢兢地观察着丈夫的脸。

"担心什么呢？"

"你毕竟是从疗养院里中途勉强出院的,那边的医生也很担心你呢。"

"没关系的。"丈夫逞强道,"比起在那么枯燥无趣的地方躺着,还是在家里待着更让人心情舒畅啊。人们不是常说病由心生嘛。我觉得病马上就会好起来的,而且你也会一直在我身旁。"

"这样我也很高兴啊,不过总觉得有些担心。你不要光顾着高兴,一定要好好保重身体啊。"

"不要紧啦。你要是那么担心的话,就给我请一个随身护士吧。这样就跟住在医院里没有什么区别了。不对,因为护士是专门看护我的,所以比在疗养院里还好呢。"丈夫说道。

幸子原本也是这么打算的。她一下楼梯,站在楼梯旁的外勤人员三宅就小声问道：

"太太,头儿的身体怎么样了？已经可以接回来了吗？"

三宅五十多岁,来自大阪。

"并不是身体已经好了才接回来的。"

听幸子这么说,三宅歪着头有些不解。

"头儿的心情可以理解,不过是不是有点儿早？"

幸子也知道现在接他回来为时尚早,但是她被英二缠得没有办法。接他回来,与其说是被他说服,不如说是被他烦躁的心情打败了。疗养院的医生很不高兴,说幸子的要求欠斟酌。

"那么,还要在疗养院住多长时间才能治愈呢?"幸子问道。

如果医生能回答出一个具体的时间,她也许不会勉强同意丈夫的要求。医生的回答很含糊。这与沉默无异的答复让幸子坚定了将丈夫带回家去的决心。既然结果都一样,她还不如让丈夫开心一些。实际上,正如丈夫所说,与其绝望地躺在疗养院里,还不如回家养养精神,说不定还能成为康复的契机。幸子紧紧地抓住了那渺茫的希望。

幸子翻着电话簿,查找外派护士中介所。在离她家不太远的地方,有一个登记了两个电话号码的中介所。有两个电话号码的中介所让人觉得很可靠,那似乎是一个拥有许多优秀护士的地方。

一开始是一个女接线员接的电话,幸子把事情跟她一说,接电话的换成了一个声音粗得跟男人一样的女人。

"我是中介所的负责人,您那边的病人是什么情况?"对方问道。

幸子回答她后,对方提出了许多问题。病人的情况不同,中介所收取的费用也不同。

"如果是这种病人的话,比起年轻护士,我更建议让经验丰富的年长护士来照顾。正好我们这里有一位非常好的护士,我马上就派她过去。"

护士的费用是含伙食费在内一天五百日元。幸子就定下了这位护士。

幸子一上二楼,见丈夫一直捂着眼睛,他凹陷的眼窝里沉淀着满满的疲惫。回家路上两个小时车程颠簸的后果表现出来了。幸子心头一惊:"还是不应该勉强带他回来。"她再次后悔了,心里挺害怕。

丈夫微微睁开眼睛,看见幸子,笑了。

"心情不错,迷迷糊糊地睡着了。"丈夫示意她在自己身旁坐下。

"不是因为太疲惫了吗?"幸子将手放到被子下面,抚摸着丈夫温暖的手腕。

"没事。"丈夫说着,噘起了嘴。

这事已经两年没做了。幸子俯身到他的脸上。淡淡的口臭侵入她的嘴唇,热烘烘地流了进来。丈夫咽喉滚动着,吸着妻子的唇。

丈夫热乎乎的手欲将幸子的身体拽进被窝里,她将身体抽了出来。

"不行,已经不能再任性了。"

丈夫虚弱地笑了,眼睛里闪着黏人的光亮。

"你要保持和在疗养院时一样的状态才行。得寸进尺、放松警惕的话,出了问题就无法挽回了啊。"幸子责备道。

"我刚刚请了一位外派护士,今后要好好听护士的话。医生方面就拜托之前的关口医生吧。"

"护士今天就过来吗?"

"估计很快就来了吧。我想请她一直待到你康复为止。"

丈夫一副百无聊赖的样子。

"啊,为什么做出那副表情?"

"一个外人一直在身旁守着,好不容易看到你,却什么都做不了。"

"还在说这样的话!"

幸子瞅了他一眼,丈夫再次将胳膊绕到她的脑袋上,在她耳边低声问了一个问题。

幸子面红耳赤地说道:

"我有厂里的工作呢,忙得什么都顾不上考虑,所以,你也要努力,只想着尽快康复的事才行。我是因为一直期待着那一天的到来才有干劲儿的呢。"

幸子一脱身,丈夫将被子拉到了自己的脸上。

外派护士一个小时后到了。

她的年龄看上去和幸子相差不大,大概有三十五六岁的样子。个子比幸子稍微矮一点儿,圆圆的大眼睛十分亲切。她肤色白皙,可以想象得出年轻时也是个清秀佳人。但如今,她眼睛下方有松弛的皱纹,头发稀疏,一副上了年纪的样子。

"到了这个年纪还不得不做外派护士,她会是一个有着怎样境遇的人呢?"幸子暗想。

外派护士拿出介绍信,彬彬有礼地寒暄了一下,虽然世故老练,却并非俗不可耐。幸子对她很有好感。据介绍信讲,她的名字叫坪川裕子。

"坪川小姐做这个工作多久了？"幸子端茶招待她时问道。

"十八岁取得资格证书，在医院工作之后，一直在做。当然，婚后有六年左右的时间没有做。"坪川裕子谦恭地答道。

"那么，您的丈夫呢？哎呀，不好意思，问您这样的问题。"

"没关系的。他四年前去世了。孩子都在乡下老家。"她似乎已经习惯了经常被问到这个问题，毫无怯意地回答道。

"是吗？可真是不容易啊。"

幸子觉得自己问了不该问的问题。她觉得自己不应该一上来就问，再过一段时间再问就好了。

但是，坪川裕子并没有因此消沉。她的经验丰富，这点使人觉得她很可靠。与年轻人不同，有家庭经历的人无疑会对病人照顾得更加周到。中介所所长在电话里说过，她是个非常好的护士，这话似乎没错。

"那就拜托你了。病人在二楼睡觉。"

"好的。"

坪川裕子从带过来的箱子里取出白色护士服，迅速换上了衣服，动作敏捷麻利。

"护士到了，是坪川小姐。"幸子爬上二楼，掀开帘子，对丈夫说道。

坪川裕子跟在幸子后面，微微鞠躬行了个礼。

丈夫抬起头望向护士，坪川裕子也看了看竹泽英二。

一件幸子未曾注意到的事情，在两人相遇的视线中发生了。

3

坪川裕子是一位对病人无微不至的护士。她对自己的工作很有诚意。这一点，看她处理事情时的动作就能了解。她的动作中有一种职业美，熟练而又有律动。

职业美感这东西通常包含了某种冷漠。这种冷漠，旁观者往往也能感受到，但是坪川裕子身上没有这种冷漠。她转动着一双炯炯有神的眼睛，时刻注意着病人的状况，毫不懈怠。

只过了两天，幸子就明白了这一点。

"老公，你遇到了一位好护士呢。"幸子趁坪川裕子不在，跟丈夫说道。

"是啊。"丈夫抬起头，自己单手整理了一下枕头的位置，回答道。

他的回答似乎有些漫不经心。

"太幸运了！让她一直待在这里吧。"幸子兴致勃勃地说，"这里的事交给她就行，我可以放心地去厂里办事了。"

"是啊。"丈夫懒洋洋地答道，可他的眼睛闪着光，"厂里的工作也很重要啊，多亏有这个厂，我才能躺得住呢。你好好努力吧。我虽然躺着，但是也能帮你把把关。"

"务必呀,厂里没个男主人还真不行呢。就算你只是躺着,我也更有干劲儿呢。"

坪川裕子回来了,看到夫妻两人在商量事情,便点头打了个招呼,马上拿起枕边的水壶出去打水了。她对他们很客气,很会察言观色。

"坪川小姐很客气啊。"幸子低声说道,"听说她是个寡妇呢。她有一个孩子,寄养在老家。"

丈夫对此似乎不太感兴趣。

"哎呀,你知道啦?"

"不,不知道。"丈夫慌乱地摇了摇头,"不知道啊,你居然问了人家这种事?"丈夫的眼神带着些许责备。

"一不小心问出来的,事后也觉得有些不好意思。她是个受苦之人,正是因为受过苦,所以考虑事情才能那么周到。"

丈夫懒洋洋地闭上眼睛,没有附和她。坪川裕子抱着水壶,轻手轻脚地回来了。

关口医生每隔三天前来诊断一次。丈夫的病虽然不会突然恶化,但康复的希望也不大。医生的态度表明了这些。即便幸子请教他,他的回答也十分含糊,只说病情没有什么特别变化,等春天来了,大概就会好起来。这些情况,幸子已经听疗养院的医生说过了,所以也没觉得特别失望。

关口医生第一次出诊那天出门时,对出来送他的幸子说:

"太太,您请了个很不错的护士啊。"

"是吗？是中介所派过来的。"幸子抬头看着医生。

"我一眼就看出来了啊。那个人年龄较大，经验丰富，能充分注意到病人的状况。让这种护士陪护，比让一个糟糕的医生照顾好多了。"

幸子听医生这么说，心里踏实了不少。既然她是这样的人，那就一直让她待在这里好了。约定的薪水是五百日元，不过幸子觉得，再出点儿酬谢金也没有问题。

坪川裕子十分谦恭，和第一次见面时给幸子的印象稍有不同。幸子本来以为她是一个开朗的人，谁知道她在幸子面前话并不多，眼睛也从不直视幸子，说话总是彬彬有礼。

"坪川小姐，请不要客气。我想让您在我家多待些日子，所以您就跟在自己家里一样，放松就好。"

幸子跟她这样说时，护士低下头，答应了一声"好的"。

幸子心想："她真是个谨小慎微的人啊，再稍微开朗一点儿就好了。"她转念又想："也许是因为外派护士总是在病人家里工作，所以才变成这个样子。"

不过只要她能好好照顾病人，那就没有什么可说的了。在这一点上，坪川裕子是一位很优秀的护士。无论幸子何时上二楼，她都坐在病人枕旁，守护着病人。幸子担心她会无聊，给她留了本杂志，可是杂志完全没有被翻看过的迹象，依旧整齐地摆放在桌子上。

"病人现在好像心情不错。"

坪川裕子一看到幸子，依然用十分恭敬的语气汇报着，并给她看了体温表。但是，做完这些后，坪川裕子一定会马上离开座位。

"真是个谨慎客气的人啊。"幸子目送着她，跟丈夫说道，"又不是新婚夫妇，没有必要非让我们单独待在一起嘛。"

幸子以为丈夫会笑，谁知他却板着脸，仰望着天花板，眼神迷茫。

"不过，她照顾得很周到吧？"幸子盯着丈夫问道。

"没有不周到的地方。"丈夫寂然答道。

"比我还好？"

幸子本是随口一说，岂料丈夫的眼神突然冷峻了起来，倒是幸子，因为他这意想不到的反应而慌乱了。

"这总比我抽工作间隙的时间来照顾你好吧。让我来的话，很难做得这么周到啊。"幸子改口补充道。

她不明白自己为什么必须要加上这些话。

"嗯。"丈夫的眼神柔和下来。

幸子一边下楼梯，一边考虑丈夫为什么会有那样的眼神。坪川裕子来家里工作已经有四五天了。这四五天来，幸子总感觉丈夫变得有些神经质。他看幸子的表情越来越焦躁，不再有笑容。虽说裕子把他照顾得很好，但毕竟有一个外人在家，丈夫神经过敏似乎也不奇怪。

厂里的工作十分忙碌，要打电话订货，要记账，要做估价单，要确认印刷的进展情况,跟不上进度的时候要想借口,印刷好的成品要安排小伙计送去,给材料店付款,拜访老客户,收款,听职员们倒苦水,重印,校正,外勤员三宅回来后要与其商量估价单等,这些工作一刻也离不开幸子。

幸子几乎没有时间上二楼。不上二楼的另外一个原因,是她相信有一位可靠的贴身护士照顾丈夫,这让她很安心。可即便如此,当遇到比较难的估价单和比较麻烦的问题时,她还是要去丈夫那里商量的。

但是,每次踏上楼梯,幸子心里就会产生一种不能着急上去的踌躇,毫无原因。虽说是护士照顾病人,但那毕竟是一个女人在二楼和丈夫悄然相对。突然产生这样的想法是怎么回事呢?她为什么会突然想起"女人"这个词呢?幸子故意跺着脚,缓缓地往楼上走去。因为小小的工厂里印刷机的声音轰响,脚步声必须要不小于它才能被楼上的人听到,她感觉好像不这样做不好,她完全没必要有顾虑。

一掀开门帘,丈夫和坪川裕子就会齐刷刷地抬眼看向走进来的幸子。幸子反而感觉有些狼狈,脸颊发烫。瞬间,她觉得自己像个外人。

4

夜里，病人所在房间的门帘大开着，幸子和坪川裕子同睡在相邻的房间里。因为英二的病情还没有严重到需要交替守夜的程度，所以坪川裕子躺在门槛处，幸子躺在她后面。坪川裕子离英二更近，因为她是护士才这样安排，没有办法。比起妻子，护士更为重要，这样的安排是为病人着想。她必须做好起床照顾病人的准备。

实际上，坪川裕子十分忠实地履行着自己的职责。英二低声吩咐她去做什么，她就猛地跃起身去做了。她有时将夜壶插进被子一角，静静等待；有时给他按摩后背；有时给他喂药。幸子有时会睁开眼睛，看着这一切；有时因为白天过于疲劳而睡得浑然不觉。所以她感觉自己好像是偶尔得知这些事情似的。

这些事情是护士的工作，但也可以说是妻子的任务。现在护士夺走了妻子一半的工作，也可以说是一半以上的工作。幸子即使注意到了这一点，也没能起身。

丈夫和护士这时的对话极为简短且低沉，给人以公事公办的感觉。一方面是病人的指令，另一方面是护士接受指令的回应。可是，在幸子清醒的耳朵听来，其中却回荡着极为隐秘的东西。这似乎很容易让人联想到夫妻之间在进行某种事情前后的低沉声音。说起来，丈夫最近完全不想亲吻幸子了。这事要做也完全可以多做几次的。幸子在丈夫面前时，坪川裕子一定会找个借口离开,所以丈夫应该是什么都可以做的。过了两年疗养院生活的丈夫,虽然身体虚弱,但是应该会更加渴望与妻子肌肤相亲。实际上,刚从疗养院里接回来的那天,丈夫的手就曾很不安分地抚摸妻子。

可是最近,即使只有幸子在眼前,丈夫也神情淡漠。即使幸子冲动地抱住丈夫的头,将嘴唇送上去,她的唇落到他的唇上时,他也只是无可奈何地接受她的热情,有时还会有些心烦,好像在担心什么似的摇头。

"不要啦!"他责备般地说道。

他的眼里没有了以前那种黏人的光亮。当然,他也不再问些让幸子脸红的问题。

丈夫在和幸子两人单独相处的时候,好像总是战战兢兢的,恐惧中夹杂着一种莫名的焦躁。丈夫是在忌惮什么吗?是的,他的样子用忌惮来形容似乎比较妥当。那么忌惮的对象就只有护士了。毫无疑问,她是外人,可是丈夫似乎有些不太恰当地过度在乎她了。

"这会不会也是源自病人的神经过敏呢?"幸子心想。

幸子注意到即使自己去找英二商量工作,他也完全提不起干劲儿。他曾经展现过的那些热情、那些兴致勃勃的样子都不在了。即使她去二楼找他商量估价单和银行的事,丈夫也只是左耳朵进,右耳朵出。

"那些你看着办就行了。"

他只是这样回答,脸上没有任何积极的表情。幸子带过来的工作却无法安排。

"还是无法真正拿出精神头儿来,脑袋迷迷糊糊的。"当妻子问起原因时,丈夫这样说道。

"从疗养院里出来的时候,我以为自己会更有精神呢。但还是完全不行啊。"

"听听印刷机器的声音就有精神了,回来那天,你可是这么说的。"幸子凝视着丈夫的脸。

楼下传来机器的轰鸣。

"嗯,那时候是那么想的。也许是因为脑袋发沉的缘故吧,现在觉得那声音很烦人。"

"那你就再回疗养院好了。"幸子本想这么说,可是话到嘴边又咽了回去。

幸子瞥了他一眼,便下楼去了。这寂寞的感觉原因不明。幸子下楼梯的时候,坪川裕子上楼去了。她微微低着头,还是平时那副谨慎的姿态。幸子瞥了她一眼,回到了转动的机器旁。

原因会是她吗?幸子有些茫然,不明就里。她不就是一个才来一周的外派护士吗?没有线索可以证明幸子的疑虑。

但是,幸子从来没有听到过丈夫和坪川裕子两人单独的对话。幸子所听到的,只有她自己在场时他们的对话。那只是患者和护士之间简短而枯燥的对话,并非是两人单独的对话。她没有听过他们之间长时间的夹杂着笑语的对话。如果听到那些,她大概就不会这样动摇了吧？她想象着她不在的时候，丈夫和坪川裕子之间正在进行的一些她所不知道的言语交流。

坪川裕子依然眨着那双亲切的圆眼睛，她总是毕恭毕敬的，对幸子说话一直使用敬语，俨然十分明确自己的外派护士身份，并且深得处理和雇主之间关系的要领。

她看上去只是一个将亡夫的孩子寄养在老家、自己在外拼命赚取抚养费的女人。她那稀疏的头发和眼角的细小皱纹里，留下了辛苦奔波的痕迹。幸子只有和她面对面的时候，才能感到安心。

可是当她离开，低着头到二楼去时，幸子内心便再次莫名不安起来。坪川裕子无论容貌、身材，还是年龄，都不具备任何能令她不安的资本。不，无论怎么分析，她身上都没有那种资本。明明是这样，幸子却动摇起来，这是为什么呢？难道是因为二楼这个位置的原因？

是因为丈夫的床边只有坪川裕子一个人吗？可那是因为她是护士，这一点幸子完全明白。难道是因为二楼房间被帘子完全封闭了起来，只有丈夫和她待在密闭空间里，幸子被隔离在楼下而引起的不安吗？毫无疑问，这样想没有别的，是因为幸子把坪川裕子当成一个女人来看了，而不是当成护士来看。可一想到这里，她又陷入茫然。

一天晚上，幸子半夜醒来。病房里一直亮着昏暗的灯光，在那微弱的光线下，丈夫和坪川裕子正在做着什么。幸子吃了一惊,心跳加快,全身紧张起来。

但是她仔细一看,发现还是跟往常一样,护士是被丈夫叫起来方便,完事后,正在给他按摩后背。让幸子惊愕的是那鲜红的颜色。护士在白衣外面,穿了一件和服外褂。那外褂在昏暗的灯光下,看起来像穿在和服下面的贴身长衬衣。

不,如果是在特别明亮的灯光下,衣服的色彩毫无疑问会跟她的年龄一样暗淡。

在深夜阑珊的冷空气中,只穿护士白衣肯定很冷,她穿着外褂也很正常。

但是,即使这么想,幸子的惊讶还是没有消失,她的神经紧张起来。耳朵里传来丈夫和坪川裕子的低语。他们在说什么,她听不清楚,只能听到说话时,舌头发出的"吧嗒吧嗒"的湿漉漉的声音。

幸子简直想捂住自己的耳朵。

5

白天,在幸子面前,丈夫和坪川裕子依然是在自己家里疗养的病人和贴身护士。他们的谈话言语简短且充满事务性,两人的视线都不碰到一起。明亮的阳光照进房间,夜晚昏暗隐秘的氛围荡然无存。

幸子冷静地考虑了一下，似乎什么事都没有。如果将他们看成是病人和护士，并没有什么奇特之处。病房里两人的单独相处以及晚上的看护，没有任何异常，也许异常的是幸子的神经。

不可思议的是，她为什么会产生这种疑惑呢？坪川裕子既不是什么特别的美人，也不再年轻，而且来自己家里也不过十几天而已。难以想象在这么短的时间里，男人和女人能够永结同心。

但是，这两个人在幸子面前，显得太若无其事了，没有任何情感。幸子眼里看不到的部分之所以会在心中不断地扩大，正是因为这背后所含有的空白——她不在的时候，丈夫和坪川裕子的私语和动作。

坪川裕子身上没有丝毫变化，她依然勤快，对幸子彬彬有礼，跟她在十几天前，第一次拿着介绍信出现在这里时一模一样。她谨小慎微，说话客客气气。当幸子坐在丈夫面前时，她依然是悄悄站起来离开现场。

幸子没法找到蛛丝马迹。她觉得自己在随便猜疑，一个人胡思乱想。也许这是一件令人羞耻的事情。但是，她的这种意识似乎并没有偏离目标。不知在何处，她总有一种打中了的实感，但那依然是一种无形的感觉。

幸子渐渐害怕去丈夫的病房了。就连有必须要跟丈夫商量的事时，她也会因为是否要上二楼去找丈夫而犹豫不决。二楼给她一种压迫感。一种异样的气氛如同热风一般，从楼梯上吹下来。她几乎把需要找丈夫商量的事都压了下来。这是一种莫名其妙的忍耐。

除了幸子之外，常去丈夫病房的，还有关口医生和外勤员三宅。幸子留意观察着这两个人从二楼下来时的神情是否有什么特别征兆。

关口医生去看病时，幸子故意没去二楼，因为她觉得那样容易让医生敏锐地察觉到病房中异样的气氛。

关口先生从二楼下来，直到穿鞋出门，都没有什么特别的言行。除了病情之外，他也没有说什么特别的话。他每三天来一次，一直都是这样。幸子感到安心的同时，又感到有些不尽意。

但是，这位关口医生有一天来看病的时候，说过这样一句话：

"您丈夫越来越精神了啊。"

"啊，是吗？那么明显？"幸子不禁睁大了眼睛。

"不，病情方面没有太大的变化，但他的心情看起来非常不错啊。好心情比吃药更有益于康复啊。"

幸子觉得听到了自己所不了解的事情。幸子看到的丈夫，总是一副百无聊赖的样子，将脑袋枕在枕头上，情绪很差，没有笑容。不管幸子跟他说什么，他总是模棱两可地应答，完全不见丝毫愉快的迹象。

也就是说，丈夫展现给医生的表情，和面对幸子的表情，是不一样的。不,丈夫应该不是特意跟医生那么表现的。应该是丈夫在那种状态的时候,医生碰巧看到了吧。幸子觉得自己从关口医生的一句话里,看到了自己不在场时丈夫的状态。她的想象中,浮现出了丈夫靠在坪川裕子身旁,开心地聊着、笑着的场景。

比起医生,三宅与英二的接触更频繁,三宅每天都要去说一两次工作上的事。三宅更容易觉察到点儿什么。

这位一口大阪腔的外勤员虽然是个话匣子,对此事却只字不提。他不提是因为没有什么异常吗?幸子似乎很难这么理解。好像是因为他不能说,所以才对幸子保持沉默。他说不定已经悄悄告诉了工人们。幸子觉得只有自己正被一种寂然的宁静包围着。

幸子觉得自己紧绷的神经快要断了。不赶紧从这种压抑中逃出来,她就会被彻底击垮。她想从二楼的压迫感中解放出来。

解放出来的机会比想象中来得早。有一天,她遇上了一件必须要和丈夫商量的事。客户来了,正在等着回信,她不能再犹豫。幸子使劲儿跺着脚,心情忐忑地上了二楼。

刚爬完楼梯,坪川裕子慌乱地打开门帘走了出来。手里什么都没拿。向幸子点点头打了个招呼,就低着头逃到楼下去了。但幸子的视线还是捕捉到了坪川裕子脸颊上流着的泪水。

等到护士逃一般地下楼去之后,幸子这才感觉到自己内心的惊悸。她在那里蹲了一会儿。她担心马上去丈夫身旁的话,会看到丈夫脸上也流着泪水。她心里深存这样的恐惧。

坪川裕子脸颊上闪烁的泪光,使幸子一直以来心头那股莫名的茫然瞬间凝固了,曾经无形的东西在幸子眼前显现出清晰的轮廓。那一行泪水使抽象的疑虑化为了现实。幸子内心主意已定,站起身来。

丈夫正闭着眼睛躺着,幸子知道他并没有睡着。他的眼角没有泪痕,难道是被匆忙拭去了吗?她看得出他的眼睑微微发红。

丈夫虽然装作睡着的样子,可表情十分僵硬。显然,他知道幸子就在旁边,所以努力压抑着内心激动的情绪。

幸子坐了下来。

"老公!"她叫道。

听到第二声呼唤后,丈夫轻轻睁开了眼睛,似乎感到光线耀眼。

"我让坪川小姐回去吧。"她的声音比预想中的平静,"我给你另请一位护士。"

丈夫的嘴角微微痉挛了一下,除此之外,没有什么特别的反应,看起来很平静。

"行啊,你看着办吧。"丈夫懒洋洋地答道。

那口气听起来既像是断了念想的自暴自弃,又似乎是在妻子面前的假装糊涂。

下楼梯时,幸子与正要上楼梯的坪川裕子擦肩而过。幸子

习惯性地叫住了她:

"坪川小姐。"

坪川裕子答应了一声,朝幸子轻轻施了一礼。她的脸颊上已经没有泪痕了。幸子将她带进客厅。

只有她们两人面对面时,坪川裕子缩着肩,微微低下了头。她稀疏的头发占据了幸子的视线。幸子意识到自己应该开口说些什么。

"因为一些状况,我们这边决定让您的工作到今天为止。谢谢您一直以来的照顾。"

幸子说完,感觉自己的脸颊有些抽搐。坪川裕子的肩部似乎稍稍颤抖了一下,可并不明显。

坪川裕子两手按在榻榻米上,低下了头。那是表示同意的意思。

"多有不周,没有照顾好。"她十分郑重地寒暄道。

那语气听起来似乎她去每一户都会这么寒暄一样。可是,这还没有结束。

"不好意思,请允许我待到明天中午。因为还有些收尾工作要做一下,所以希望您能让我照顾您丈夫到那个时候。明天的工资我就不要了。"

她的语气非常坚定。虽然因为她低着头,幸子看不到她的表情,但她肯定是在咬着嘴唇说话。坪川裕子的全身腾起一种像烈焰一般幸子不答应便不罢休的气魄。

"明天的工资我就不要了。"这句话始终留在幸子的心头。但是,那天晚上,她和坪川裕子跟往常一样睡在一起,什么事也没有发生。

6

到了第二天下午,坪川裕子也没有从二楼上下来。

一直忙于楼下工作的幸子,虽然内心慌乱,却没有时间去二楼看一眼。不,准确地说,恐惧使她畏缩不前。

二楼没有任何动静。机器在印刷,受噪音妨碍很难听到其他的声音,幸子将全部注意力都集中到了耳朵上。她的双手在无意识地忙碌着,心却不在那里。

直觉最终驱使着幸子脸色苍白地跑向二楼。

幸子在拉得紧紧的门帘前面屏住了呼吸。她竖起耳朵,双膝颤抖着。但是,必须要突破这个障碍。她"嗖"地一下掀开了门帘。

一男一女盖着被子躺在一起,不是板板正正的躺法,被子十分凌乱,人却一动不动。

想象的内容成了现实。一切过于现实。幸子觉得周围瞬间如深夜般一片漆黑,所有的声音都消失了。可是,她却并没有怒火中烧,她意识到,应当发生的事情理所当然地发生了,无法将其当成错觉。

幸子掀起被子的一角,确认了一下丈夫和坪川裕子靠在一起的脸,他们已经停止了呼吸。丈夫眼窝凹陷,闭着眼睛。坪川裕子紧紧闭着那双曾经滴溜溜转的圆眼,眼角的皱纹一如生前。两人的嘴里溢出一些泡沫,洒在被单上。丈夫的长发凌乱不堪,坪川裕子稀疏的头发只有两三撮歪歪扭扭地粘在脸颊上。

幸子将被角放了回去,在那里呆坐了一会儿。楼下传来机器的声音。这种时候,她的脑海里还清晰地浮现出各种工作的流程,真是奇妙。枕边躺着两个已经空了的大安眠药瓶。

丈夫突然从幸子身边逃走了。带走他的是坪川裕子。这个个头不高、三十五岁的外派护士,来这个家还不到一个月,就夺走了丈夫,中间计算的过程毫无征兆,却一下子得到了结果。

幸子看到褥子下面露出白色信封的一角,便把它取了出来。那是一份账单和两封遗书。丈夫的遗书和坪川裕子的遗书整整齐齐地摞在一起。

幸子撕开丈夫那封遗书的信封,遗书上的字迹十分潦草。

突然出现这种结果,道歉的话无以言表。我绝不会忘记你一直以来对我的好,只能说很对不起你,本想只写下这句话就喝药的,想了想还是觉得把大体情况跟你说说比较好,就在此简单一提吧。即使我将详细情况都写下来,大概也只会让你痛苦吧。

　　坪川裕子是我认识你之前的恋人。因为某些原因我们没能结婚，具体情况在此省略。总之，我和她分手后，和你结了婚。她和别的男人结了婚。此后的十六七年，我们没有任何联系。

　　裕子突然作为贴身护士出现在这个房间里的时候，我大吃一惊，她也吓了一跳。不知是幸还是不幸，你一直没有发觉这件事。这可能就是我们命运改变的开端了。之后的事情也没有必要再写了。你后来敏感地觉察到了我们的关系。我明白，这种事无论隐藏得多深，终会被妻子敏锐的直觉发现。

　　裕子经历了不幸的人生，我也早就知道自己的身体没有康复的希望了，我们对彼此的怜爱之情由此而生。以前没能成功结婚的爱情再次燃烧了起来。可是，这在现实中是不可能有结果的。你的存在、环境、其他烦琐的事情都在妨碍这段感情。

　　幸运的是，比起活着，我和裕子都更具备选择死亡的条件，所以……

　　幸子读到这里，把信扔到了一边。坪川裕子的遗书也没有必要读了。留下这样的信的两个人正在她的身旁盖着被子躺着。幸子被抛弃了。丈夫完全把妻子抛下了，被隐秘的掠夺者带走了。幸子心中涌起一种无法言说的孤独感。她的身体似乎浮在了半空。她双手撑地,坐了很久。

她终于明白他们两人为何能在这么短的时间里结合了,原来他们是旧情复燃。但是,那对幸子来说,却是无关紧要的事情。那是遥远而陌生的时空中发生的事。他若写下那情事是从四天之前开始的,对幸子来说,也是一样的。

被抛弃的人坐在这里。世人的嘲笑、怜悯、漠然的责难大概都会集中到她的身上吧。当然这些都是毫无道理的。然而,这一切将会无情地伤害留在世间的人。幸子感觉到自己的身体在后退,自己将成为最受世人轻蔑和怜悯的存在。所谓"死了就输了"这句话,在这种情况下就是骗人的了。身受重创的是活着的人,虽然不合理,但是现实社会就是如此。世人对失败者毫不宽恕。

幸子静静地撕碎了遗书,将它用火盆中的火点燃,分几次烧掉。每当有碎片扔进火盆时,火势便窜得更高更旺了。

火最终平息了,白纸全部变成了黑色的灰烬。那灰烬似乎有点风就能飞舞起来。

她从被子下面拖出了坪川裕子的尸体,想把她抱走,却因为太重,只是拖拽到离丈夫很远的地方,让她躺下了。幸子给她整了整衣服上的褶皱,将她的双手放到了胸前。

丈夫的身旁空了出来,这里才是属于幸子的地方。幸子躺在这里的时候,她觉得自己从掠夺者那里夺回了丈夫。坪川裕子变成了一个陪葬者。幸子获得了胜利。

幸子开始在信笺上重新写信。收信人是已经定为幸子的继承人、现在尚在老家就读高中的外甥女的母亲,也就是幸子的姐姐。

　　……丈夫因为生病没有希望痊愈,十分绝望,丧失了活下去的勇气。无论他走到哪里,我都会陪伴着他。离开丈夫,就没有我这个人的存在。
　　请原谅我们自私的行为。
　　护士坪川小姐说她要陪我们一起死。我虽然拼命阻止,可是她无论如何都不肯听。她大概也被什么事情逼得走投无路了吧。坪川小姐的决定是我唯一的遗憾……

幸子写着这些文字,第一次发觉自己竟然这么爱丈夫。她觉得任何欺骗的手段,都可以因为这份爱而被原谅。她要永远和丈夫紧紧依偎在一起……

幸子打开衣橱,取出一大瓶丈夫为失眠而准备的安眠药。丈夫给她空出了旁边的地方,正躺在那里等着她。

坪川裕子夺走了幸子的丈夫竹泽英二。如今,幸子又把他夺了回来。但是,真正的掠夺者也许是幸子。

当然,已将药喝光的幸子对此没有丝毫怀疑。

卷头诗的女作者

1

俳句杂志《蒲之穗》四月号刊审校完毕之后,主编石本麦人与同仁山尾梨郊、藤田青沙、西冈静子,一边喝茶一边聊天。像往常一样,他们的聚会在当医生的麦人家举行。

"老师,这个月也没有志村幸女的俳句呢。"经营旧书店的山尾梨郊说道。

"嗯,她最终还是没有投来稿件啊。"麦人一边继续看着校样,一边答道。

"加上这次,连续三次了呢。难道她的病情恶化了吗?"在贸易公司上班的藤田青沙将脸转向麦人问道。

在编委会人员中,青沙是年龄最小的,他今年二十八岁,单身。

"谁知道呢。据说她是胃溃疡啊。"

"胃溃疡这种病那么严重吗?不是做个手术很快就会

好吗？"

"在普通医院治疗是那样的。但是，她住的那种地方会马上给她做那种手术吗？"麦人有些质疑地歪着脑袋。

他所说的"那种地方"指的是位于邻县H市的福利疗养院"爱光园"。他们所说的志村幸女是一位从去年开始一直给《蒲之穗》杂志投稿的女作者，有一次还在麦人所选的俳句杂咏中占据过卷头。杂志上志村幸女的名字后面，总是会像住址一样，用小字标注着"爱光园"。也就是说，她是那里的福利疗养患者。

"不能立即做手术是因为疗养院没有那么多预算吗？"梨郊接过话来问道。

"预算肯定是乏馈的。但是，是否以此来决定做不做手术，我也不清楚。估计是得不到充分的治疗吧。"

经营着一家生意兴隆的医院的麦人眼镜闪着亮光，他看了看其他三个人。

"太可怜啦。"西冈静子道。

她是一家公司的科长的妻子，有两个孩子，身上总是有一种不为生活所困的气质。

"她是不是没有一个可以投靠的亲人呢？"

"从进了福利疗养院这一点来看，她应该是这样的情况吧。"麦人嘴里衔着一支烟说道。

"她究竟有多大年纪呢？"梨郊问道。

"我之前收到一封她的来信，对啦，就是她的作品被选为卷头诗时,她曾来过的感谢信。根据那封信判断,好像是三十二三岁的样子。"麦人这样回答道。

西冈静子听后,似乎在考虑她和自己的年龄差距。

"她结过婚吗?"

"这个不清楚。我从来没有问过她的身世。"

麦人微微眯着眼睛,看了看梨郊。

"但是,我觉得有必要再给她写一封信啊。毕竟她连续三个月没有投过一首俳句了。"

"再写一封?"

"嗯,实际上我上个月曾经给她写过一封信,算是病情慰问,也顺便鼓励她再次投稿。她虽然只给我们这边寄过两次会费,不过,这个是可以免掉的。因为幸女在投稿者中,也算是出类拔萃的。"

"的确如此。"西冈静子表示同感。

"也是引起我注意的一位啊。她以前发在卷首的那一首就很不错呢。"

"那么,她回信了吗?"青沙问道。

"没有任何回复啊。她曾经是那么热情的投稿人啊。我担心她的病情恶化了。"麦人吐了一口烟道。

"老师,"青沙道,"请务必再给她写封信吧。如果她病情加重了的话,投不投稿无所谓,请您好好激励她一下吧。"

"嗯,我也是这么打算的。"

"事实上,我刚刚想起了幸女所写的一首俳句——身之忧,若掌中滚蓑蛾。她果然是一个无依无靠的孤独者啊。"

"蓑蛾吗?原来如此啊。"

麦人手里夹着香烟,将胳膊肘放到桌子一角,抬眼向上瞧去。三个人都是若有所思的样子。

那之后不久,过了一段时间,为了编辑杂志的五月号,四位同仁又一次聚集在麦人的家里。

"老师,不出所料,还是没有收到幸女的稿子啊。"藤田青沙道。

"什么?啊,你是说志村幸女吗?"

"是的。我翻看了收到的稿子,可是里面没有她的。"

"是的,没来过稿子。我给她写过信了,可是没有回信。找人代笔写个回信也好,拜托别人一下就行了嘛。"麦人也有些不满地说道。

"怎么回事呢?"西冈静子喃喃低语道。

"不会是去世了吧?"梨郊将脑袋伸到麦人跟前说道。

"去世了的话,福利疗养院大概会发来一个去世的通知吧?那样的话,信也会被退回的。"

"不会是爱光园偷懒了吧?"

"嗯。"

麦人的眼神似乎在说也不是没有这种可能。

"我觉得不是去世了。那样的话,无论如何爱光园都应该来个通知,毕竟是我们这边给她寄了信。还有,我们每个月的杂志也都寄给幸女小姐了啊。"静子插嘴道。

"我也赞成这个观点。"青沙道。

"应该还是得了重病吧。也许是有人给她读过信了,但是她没有气力让别人帮她回信。"

"是啊。"

麦人的眼神变成了转念过来的样子。

"也许吧。要不要给爱光园的负责人写一封信,打听一下呢?"

"我有个想法,老师。"青沙道。

"下个月月初,不是有A市分部的俳句会吗?您是要出席的,对吧? A市和H市距离很近,坐火车四十多分钟就到了。在那个俳句会之前或者之后,您亲自去趟爱光园看看如何?若是老师亲自去看望的话,她本人肯定会觉得很光荣、很开心。那天是星期天,我也可以陪您一起去。"

"你可真是热心啊!"

麦人看了看青沙,躲在眼镜后面的双眼细细地眯着,轻轻笑了。因为他喜欢抽烟,所以他一笑就露出了发黑的牙齿。

"嗯,这个主意不错。原来H市距离A市挺近啊。青沙君要是想一起去的话,那我就过去看看吧。"

"老师,我也拜托您去看看。"静子也微微颔首说道。

"无依无靠的人真是太可怜了。"梨郊说,"如果生意不忙的话,我也想一起去。"

这个计划就这么定下来了。

2

五月一个晴朗的周日,麦人和青沙去参加了"蒲之穗"A市分部的俳句会。虽说同属东京市,但是那里是跟邻省接壤的偏远地区。原本也想去的梨郊因为有旧书集市,没能一起去。

俳句会三点结束了。虽然A市分部的人一番美意挽留,但是麦人说有事便离开了,他和青沙两个人坐着火车去了H市。从车站坐车到爱光园有六公里的路程。他们坐在公交车上看着窗外,麦田和油菜花田的对面,宽阔的沼泽波光粼粼。原来这一带是水乡。

四周环绕着树林的爱光园,是一排三栋相连的又脏又旧的木制建筑,给人一种阴郁之感。尽管如此,正门前的花坛里,依然有绽放的杜鹃花芳香四溢。

两人站在布满尘埃的接待室前,一位护士打开了小窗户,露出了脸。

"我们想见志村小姐,志村幸女小姐。"青沙道。

"志村幸女小姐?"

脸庞瘦削的护士在窗户里歪着脑袋想了一会儿。

"啊,她已经出院了。"她一边说,一边仔细打量着眼前的两个人。

"出院？那是什么时候的事？"

"我想一下……大约在三个多月之前吧。"

麦人和青沙面面相觑。

"那么,她的病好了吗？"

"这个嘛,怎么说呢？"护士表情暧昧。

"那么,她现在的住址是哪里呢？她出院后去了哪里？您知道吗？"

"不知道啊。"

麦人递上名片,插话道：

"这是我的名片。如果院长先生在的话,我想就志村小姐的情况,拜访一下他。"

护士看了看名片,那上面有麦人的本名和医学博士的头衔。

"请您稍等一下。"

护士那尖瘦的脸消失了,有一袋烟的工夫,她再次出现,将两人请到了简陋的接待室。

院长是一位年过半百的胖胖的男士,他那张富有光泽的红脸看上去与这座建筑不太相称。他的手里拿着一份病历。

"百忙之中打扰您,非常抱歉！我们来这里是想见一见志村小姐,但是听说她已经出院了。"麦人说道。

"是的,她在二月十日出院了。"院长看着病历答道。

"她的病情好转了吗？"

"请您看一下这个吧。"

院长把病历递给了他。麦人摘下眼镜，眯着眼睛认真地读起了病历。

"原来如此。"

麦人不久之后抬起头，戴上了眼镜。

"当然，她本人不知道这些情况吧？"

"是的，我们只跟她说是胃溃疡。"院长回答道。

接着，麦人和院长交谈了几句，他们的对话中夹杂着一些德语的医学专业术语，一旁的青沙听得一头雾水。

"谢谢您。"麦人道。

"虽然没有和志村小姐见过面，但是她经常给我们所办的俳句杂志投稿，所以我们来看看她。"

"这么说起来，志村小姐的枕边确实总放着俳句杂志呢。"院长说道。

"她曾经是一位非常有热情的作者。可是这两三个月却突然杳无音信了，所以我们都想弄明白是怎么回事。"麦人道。

"三个月前，那可正是志村小姐出院的时候啊。她差不多就是在那段时间出了院。"

"但是，她那个状态出院，打算以后怎么办呢？有什么人收留她吗？"

"有啊。"院长点头道。

"有个人要跟她结婚呢。"

"结婚?"

麦人和青沙都惊讶地看着院长的脸。

"是的。事出突然,不解释一下,您可能不会明白。"

院长微笑着说出了下面这段话。

志村幸女的本名叫幸子,无依无靠。她出生在四国M市,原籍也是那里。去年年底,爱光园为不幸的患者发起过一次募捐。这是每年例行的募捐,报纸也报道过。住在东京中野的一个叫岩本英太郎的人寄来了五千日元和一封信。他在信上说,自己是四国M市出身的,如果这边有自己老乡的话,想把这笔钱作为慰问金送给他的老乡。爱光园经过调查发现,只有志村幸子小姐符合条件,于是就把五千日元给了幸子,并把大致情况告诉了那个岩本先生。幸子好像也给岩本先生写了道谢信。

岩本先生再次给幸子写来慰问信,幸子也回了信。他们通了三四次信,有一天,岩本英太郎先生来见幸子了。他是一位三十五六岁、气质不凡的男士。那次岩本先生也给幸子送来了三千日元。他亲切地慰问了不幸的同乡。

那次之后,岩本先生又来过两次。真是有缘千里来相会,岩本先生和幸子之间似乎产生了感情。今年一月底,他来见了院长,提出要跟幸子结婚,想把她领回去,自己来照顾她。

"这倒是件好事,不过您知道志村小姐得了什么病吗?"

院长那时候跟他实话实说了。幸子得的并不是胃溃疡,虽然院方跟她本人是那么说的,她得的其实是胃癌。即使岩本先生跟她结婚,她也活不过半年了。

岩本先生听后似乎受到了很大的打击,表情严肃地思考了好久,终于下定决心,再次以沉痛的表情拜托道:"如果是这样,她就更可怜了。我不想让她死在这样的地方,只有三个月也好,只有半年也好,我想让她在生命的最后时刻,拥有属于自己的幸福。我想让她死在我的家里。"院长听后十分感动,答应了他的请求。

"原来如此。原来还有这样的人啊。也就是说,虽然短暂,但是志村小姐抓住了人生最后的幸福啊。"麦人听完后说道。

"您知道岩本先生的住址吗?"

"知道,我留着呢。"

院长喊来护士,这次出来的是一位年轻护士,她按照院长的吩咐拿来一个笔记本。院长翻看着那个笔记本,用手指着一处说道:

"中野区××街××号。"

麦人将那个地址抄到了自己的小本子上。

"对了,最近我给志村小姐写了两次信,是转寄到这个地址了吗?"他问道。

院长又向护士确认了一下这个问题。护士说,确实将那两封信贴上了转发的标签,放进邮筒里了。

"我已经嘱咐邮局的人,一定要把信件转送到收件人手中。"

院长郑重地说。

3

"真奇怪,她根本没有回信啊。"麦人歪着脑袋说道。

"没有回信,是不是遇到了非常糟糕的情况呢?"

"不知道,很难说啊。就她二月份出院时的状态来说,我觉得能再活四个月就算长的了。"院长说道。

麦人默默地抽着烟,一旁的青沙也神情黯淡。三个人头上的电灯亮了起来。

麦人和青沙走出爱光园时,四周的麦田上弥漫着苍白的烟雾。

"志村幸女去世了吗?"在乡间小路上等公交车时,青沙问站在旁边的麦人。

"也许已经去世了啊。医生给我看的病例上写着确诊癌症,已经是晚期了。"麦人说着,胖墩墩的背弯得更厉害了。

"今天是五月十号吗?她是二月十号出院的,过去整整三个月了,说不定真的去世了啊。"

"如果是那样的话,她也太可怜了。"青沙寂然地说道。

"嗯,幸亏出现了一个爱她的男人啊。毕竟很多患者都在那种地方寂寞地死去。从这个角度来说,志村幸女是幸福的,她在临死之前抓住了爱情。"

两人当天深夜回到了东京。

第二天早上,麦人还没起床,青沙就来拜访了。

"啊,好早啊。"

"我是在上班路上顺道过来的。老师,昨天晚上回去之后,我翻阅了一下杂志,重读了幸女创作的俳句。"青沙年轻的眼睛里闪着光,"那果然是爱情啊!她最后投稿来的俳句里有这么一句:'等春,等人,拭去被褥浮尘。'她大概是凄惨地躺在病床上,日夜等待着岩本的到来吧。"

"原来如此。"麦人揉着睡意未消的眼睛,"你是说,幸女最后的时光是幸福的吗?"

"老师。"青沙身体前探,"我想了解一下幸女的情况。如果她去世了,我想给她上炷香。老师,您那里有幸女现在的地址,是吗?请您告诉我一下吧。下班后我想过去看看。"

"是吗?"

麦人站起身来,从西服的口袋里取出小本子,摘下了眼镜。

"看,就是这个。"

青沙将地址抄到了自己的笔记本上。麦人看了一眼,点了一支烟,说道:

"从昨天开始,你就对幸女非常在意啊。"

"一想到她的俳句是我们选出来的,我就觉得她很亲切。"青沙一边把笔记本放回去一边说。

"是啊。"麦人顺从地点了点头,"她可是曾经在我们的杂志上占据过卷头诗位置的人啊,和我们很有缘分。好吧,你去看看吧。"

青沙行礼道别后离开了。麦人起身洗漱。

麦人做完一天院长的本职工作之后,洗完澡,在桌前小酌。八点左右,青沙又来了,一副不太开心的样子。

"去过了?"

"嗯,去过了。"

"是吗?辛苦你了。好了,喝一杯吧。"

麦人把杯子递过去,青沙没有立即伸手接。

"那么,她那边是什么情况呢?"

"她去世了。"青沙用低沉的声音说道。

"果不其然啊。看你刚才进来时的脸色,我就猜到了。真是太可怜了。"麦人也沉痛地说道。

"你给她上香了吗?"

"他们已经搬到别的地方去了,已经是一个月以前的事了。"青沙拿起杯子说道。

"搬走了?那么,幸女去世的消息你是怎么知道的?"

"听附近的邻居说的。"青沙说道。

青沙下班后,到笔记本上记的中野的那个地方是在六点左右。从那里步行去车站要二十分钟,那是一个非常难找的地方,不过他总算找到了。那附近是住宅区,目的地"岩本"家在住宅区的深处,是一座不太宽敞的旧宅子。但是,青沙到了一看,那里已经换了主人。听邻居说,租户岩本先生一个月前因太太去世而搬走了。

青沙又拜访了房东,问了一下详细情况。岩本是去年十一月份左右租住那座房子的,据说他好像是在丸之内附近的一家公司上班,不过是单身,经常出差,一个月有二十多天不回家,房子一般都是关门闭户。附近居民都说,那么贵的房租都白白浪费了。不过,他在家里的时候,有人曾经从墙外面看到男主人打扫房间。那也是偶尔才有的事。

二月份前后,家里迎来了女主人。女主人从来不外出,好像是因为生病一直躺在家里。他们请了一位附近居民不太熟悉的医生来给女主人看病,每周两次。男主人依然经常出差。也许是因为忙不过来,男主人雇了一个保姆似的女人照看家。这个女人也不太外出。就像东京的山手附近的很多家庭那样,他们不太和邻居交往,所以没有人知道他们家的详细情况。

四月初的一天深夜,岩本家门前多次传来汽车的声音。第二天,门上贴出了"忌中"的字样。附近居民这才知道女主人去世了。傍晚,有灵柩车赶来出了殡。岩本这个人似乎没有什么亲戚朋友,他一个人坐着灵柩车去了火葬场,只有附近的人目送他离开。大家七嘴八舌地说,那么可怜、那么寂寞的葬礼还是第一次见到。亲戚模样的人是在三天之后赶来的,只有两三个人。

不知岩本是因为举行了那样的葬礼而觉得没有面子,还是因为妻子去世,在那个家里住不下去了,不久便向房东提出不住了,接着就搬走了……

"房东说,岩本先生是个可怜的人。老师,志村幸女确实是去世了,而且是在被岩本先生带回去之后,没过两个月就死了。"青沙一脸沉重地说道。

"果然是没了啊。"麦人也低声嘟哝道。

"老师,胃癌这病,那么早就给病人下判决了吗?"

"癌症发展是很快的。二月时,爱光园的院长跟岩本先生说她还有四个月的寿命,他说的是她最长的寿命了。她最终还是只活了两个月啊。哎呀,真是可怜啊。幸女也算是过了一段短暂的幸福生活啊。我说,在下一期的后记上,写上为幸女祈祷的祭文吧。"

"知道了。不过,岩本也很可怜啊。"

"是啊。"

青沙十点多时,有些醉意地回去了。麦人在他离开后泡了个澡。

泡澡的时候,幸女之死一直在麦人的脑海中萦绕。她拥有过短暂的幸福,虽然死后的葬礼很寂寞,但是有岩本先生一个人为她送行,她也就满足了吧。

想着想着,他忽然目不转睛地盯着热气腾腾的天花板,突然想到了一件事,眼神变得若有所思。

4

第二天,麦人给青沙打了个电话,让他今晚下班时过来一趟。他答应了。

青沙在七点左右出现了。

"您有什么事吗?"

"是志村幸女的事啦。"麦人道。

"看来您也很在意幸女之死啊。昨天晚上不知怎的,我总觉得心里不太舒服。"青沙摸了摸脸颊。

"嗯,我有件事想问问你。房东说,幸女去世,葬礼办完三天之后,岩本先生那边的亲戚来了,对吧?"麦人道。

"是的。"

"因为幸女是个无依无靠的人,所以那应该是岩本先生的亲戚。但是,葬礼过后三天亲戚才来,是不是有点儿太晚了呢?"

"可是,如果亲戚是居住在外地的话,也许确实需要几天时间才能赶过来啊。"

"原来如此,岩本先生是四国地区的人。如果亲戚是从四国赶过来的,晚一点是可以理解的。不过,幸女和岩本先生同居只不过两个月左右,恐怕连结婚的户籍关系都还没有办好吧。当然,岩本先生远在外地的亲戚也许只是通过书信知道了他们结婚的事。但是他们没有见过幸女,缘分尚浅,即使那个女人死了,他们会特意从远方赶到东京来吗?"

"也是啊。可即使只有两个月,幸女毕竟是岩本先生的妻子啊。也许接到她去世的电报,亲戚会赶到东京来啊。乡下人都很重视这些礼节的。"

"是那样吗?"

麦人吸着烟想了一阵子:

"对了,你说幸女死的那天晚上,邻居听到过好几次汽车的声音,是吗?"

"是的。"

"我想再仔细地了解一下以下这些情况:声音具体是几点响起的?响了几次?也许问问邻居就能搞明白啦。然后,你再问问岩本先生自己会不会开车。"

"您这是什么意思?老师是在怀疑幸女的死因吗?"青沙睁大了眼睛。

"不,我没有怀疑,只是想知道这些情况而已。"麦人的表情有些暧昧。

"是吗?您要让我去问,我就去问问。"

"哎,别那么生气啦!还有一件很重要的事情。那位来给幸女看病的医生,他的诊所开在哪里?听说周围邻居不太熟悉他。如果附近有认识他的人,也帮我打听一下。还有……"

"我记到笔记本上。"

青沙从口袋里取出记俳句和杂事兼用的笔记本,把麦人的问题一一记了下来。

麦人继续说道：

"还有殡仪馆，如果有人知道他用的是哪家殡仪馆，你也帮我问问。还有最重要的一点：他们说过，幸女来岩本先生家之后，他就雇了保姆，是吧？务必打听一下，保姆是哪一家家政服务公司派来的。"

"就这些？明白了。"

青沙似乎有什么问题想问，可是没有开口，他行了一礼，便顺从地回去了。

青沙再来找麦人，是在第三天的傍晚。

"我来晚了。"

"没有啊，辛苦你啦！那些问题都搞清楚了吗？"麦人探着身子热切地问道。

"搞不太清楚啊。"青沙神情沮丧地说道。

"我问了岩本先生的一个邻居。他说，平时和那家不太交往，所以不太清楚。不过，幸女去世的那个晚上，他家的大学生长子因为晚上学习到很晚，所以听到了汽车的声音。"

说到这里，青沙拿出笔记本，边看边说道：

"十一点左右，一辆汽车开到岩本家门前，停在了那里。然后大学生听到门被打开的声音，还有人的脚步声。所以他确定是有人下了汽车，进了那座房子。他还说，那时候听到了一个女人的声音。"

"什么？女人的声音？是不是那个保姆的声音呢？"

"学生说不是,他有时候会听到那个保姆的声音,说那个声音跟保姆的声音不一样。过了大约一个小时,外面的汽车又发出了引擎声,不知开去哪里了。大学生说,那时候没有嘈杂的人声。大学生学习完之后想睡觉,他走进洗手间的时候,听到汽车又来了,停在岩本家门前。他说那时是凌晨两点左右。"

"等一下……"麦人拿起铅笔做笔记,"那么,就是说汽车在天亮之后,也一直在他家的门前了?"

"不,听说那车在六点左右又出发了。这是邻居太太醒了之后听到的。还有,他们说岩本先生会开车,以前曾见过他开回来一辆白色号码的雷诺汽车,放在家门口。"

"很好。那么,我把刚刚听到的试着整理一下。"

麦人重新拿来一张白纸,如下所示,写成了一个类似表格的东西。

　　汽车(来)晚上十一点左右
　　　　(去)晚上十二点左右
　　　　(来)翌日凌晨两点左右
　　　　(去)早上六点左右

"是这样吧?医生的事打听了吗?"

"据说,来看病的确实是一位那附近的邻居都不太认识的医生。他们说是位上了年纪的老先生,一周去那家看两次病。"

"殡仪馆呢？"

"这个附近的邻居也不知道。我没有办法,只好去附近的两三家殡仪馆转了转。他们帮我翻了一下记录,都说没有岩本家的葬礼呢。"

"真是辛苦你啦！那么家政公司的事呢？"

"这个我也不了解。听说那个保姆好像从来不跟附近的邻居说话。据说,她是一位三十岁左右、看起来挺强势的美女。"

"哦,是吗？"

麦人吸着烟,像在深思熟虑一样闭上了眼睛。

"老师,有什么不对劲儿的地方吗？"

青沙喝了口茶,看了看麦人的脸。

"这个嘛,也不是说不对劲儿。"

麦人睁开眼睛,朝青沙笑了笑。

"唉,好啦,让你费心了,不好意思！"

青沙也笑了：

"老师也被幸女附身了呢。"

5

第二天,麦人上午做完院长的工作后,出了门。

他先是去了中野的区政府,问了工作人员,得知四月份前后，没有人用志村幸子或岩本幸子的名义开过埋葬许可证。然后，他又去了中野区四五家殡仪馆，也没有线索。

麦人去了医师会事务所，拜托他们调查一下给幸女看病的医生，然后便回家了。两天后，他收到了反馈。医师会事务所说，去岩本家看病并写了死亡诊断书的，是诊所开在池袋的Y医生。

麦人给Y医生打了个电话。

"那个患者没说是叫岩本幸子或者志村幸子吗？"

对这个问题，Y医生似乎是把病例拿到电话旁边查看后才回答。

"不，她是叫草壁泰子，三十七岁，草壁俊介的妻子。"

"草壁俊介和泰子，是吧？"

麦人把这些记到了笔记本上，他握着铅笔的手指因激动而微微颤抖。

"那户人家不是姓岩本吗？"

"是的，屋外挂的是岩本家的牌子。我也觉得有点儿奇怪，所以就问了男主人，他说是友人的房子，他暂住在那里。"电话里的医生答道。

"原来如此。那么患者得了什么病呢？"

"胃癌。我最初受托去看病的时候，人就已经不行了。但我还是来回跑了一个月左右。因为我从来没有去过中野那一带，所以被喊到那边去看病，感觉有些意外。"

"死亡时间是什么时候？"

"这个也是他们通过电话告诉我的,说人死了让我过去一趟,我就马上赶过去了。四月十日晚上十一点三十分左右,我到了他们家,查看了一下逝者的情况,死亡时间大概在一个小时前。因为尸体的样子跟男主人所描述的情况吻合,我就在死亡诊断书上那样写了一下。"

"您过去的时候,家里有其他人吗?"

"只有两个人,男主人和一个保姆似的女人。他们都在哭呢。"

"非常感谢您!"

麦人挂断电话,呆若木鸡地站立良久,然后准备好汽车,去了警察局。

一周后,三十八岁男子草壁俊介,因涉嫌杀害妻子而在品川被逮捕。他的情人也和他一起被捕,她就是那个自称保姆的女人。

俊介的目的有两个:一是嫌妻子碍事,想除掉她;二是想拿到两百万日元的人寿保险赔偿金。他的情人和爱光园的一个护士是朋友,她从那个护士嘴里得知,有一个叫志村幸子的福利疗养患者无依无靠且死期已近。她把这件事告诉了俊介,俊介一听,计上心头。他想到了把幸子领回家,她死的时候用妻子的名字办理死亡手续,两人年龄也相仿。因为从护士那里听说幸女是四国 M 市人,俊介便以给同乡捐款为借口,接近幸女。他假装在一次次前往疗养院探望的过程中,爱上了幸女。渴望得到爱情的幸女不久就爱上了俊介，非常开心地接受了他提出的结婚请求，并被他领回了中野的家里。这座房子也是他为了这次的计划事先租好的。

幸女不知道自己得的是癌症，一直以为自己得了胃溃疡，所以她被俊介提出的带她回自己家疗养、由保姆照顾的建议感动得泪流满面。她丝毫不知道保姆是俊介的情人，是杀人的共犯。

俊介真正的家在世田谷，那里还有他的妻子。他借口出差，只偶尔来中野的家，实际上是因为他必须要待在世田谷的家里。他谨慎地一步步这么进行着自己的计划。剩下的就只是一味地等着幸女死了。

幸女于四月十日晚上十点多去世了。临死前，她好像发现了保姆的真实身份，可是已经无济于事了。幸女一咽气，在场的俊介马上回到世田谷的家里，让妻子坐上汽车。据说那辆汽车是从附近的朋友那里借来的。他跟妻子编了个理由，把她带到中野的家里。那个时候，妻子下车时说了些话，邻居家的长子听到了说话声。

刚领进家门，俊介立即从后面将妻子扑倒，把她勒死了。据说，情人控制住了她的嘴和手。

妻子一死，他们马上将尸体藏到了里屋。然后，俊介用附近的公用电话喊来了医生。

医生确认幸女死亡后，开出了死亡诊断书，用的是前面一直在用的草壁泰子的名字。二人年龄也相仿。

医生回去后,俊介马上把妻子被勒死的尸体放进早已买好的棺材中,盖上了盖子。据他交代,他怕晚上传出钉钉子的声音对自己不利,所以便等着天亮后再钉钉子。

俊介把幸女病死的尸体放进外面的汽车里,自己开车出去了。这时正是十二点左右,邻居家长子听到了汽车远去的声音。

俊介深夜驱车跑在甲州街道上,跑到离北多摩郡的居民区很远的田间路边,扔掉尸体后就回家了。这段路程的往返时间大约是两个小时,他回来时的汽车声音同样被邻居大学生听到了。这两个小时里,留守在家里的情人非常"勇敢"地守在正妻被勒死的尸体旁。

话说回来,借来的汽车那么放着不太合适,必须还给汽车主人才行。俊介在第二天早上六点左右开着车去还车时发出的声音,被清晨醒来的邻居太太听到了。

俊介盘算着,被扔到田间小道上的幸女会被当成身份不明的路毙死尸处理掉。他把死者的衣服换成了褴褛的旧衣。事实上,事后调查发现,她的尸体果真被当成行路中病死的死者,经政府部门之手做了临时埋葬的处理。

然后,俊介通知北海道的亲戚说妻子死了。妻子的亲人来到东京中野的家里,向供在佛龛的遗骨双手合十拜祭。据说因为俊介跟亲戚一年书信来往只有两三次,所以,来自北海道的亲戚们以为俊介搬家了,搬到了中野。

殡仪馆那边之所以不知道幸子之死,是因为麦人和青沙都是用"岩本"的名字来查询的,所以他们查不到。中野的殡仪馆拿着草壁泰子的埋葬许可证,将尸体用灵柩车运到了火葬场。

"总觉得很不对劲儿呢。"殡仪馆的经理对警察说。

殡仪馆的工作人员被叫到他们家的时候,尸体已经入棺了,盖上都钉好钉子了。工作人员说:"当时觉得十分惊讶:这家人做得真是周全啊!"

草壁俊介领到了保险金,卖掉了世田谷的房子。他和情人一起待在品川的公寓里时,被警察逮捕了。

这件事见报后,青沙来到麦人家里。他问麦人:

"老师为什么会觉得这件事奇怪呢?"

"一开始是听你说亲戚过了三天才来。但更让我怀疑的是,幸女去世当晚,汽车声音的次数。"

麦人说着,打开了他的笔记本。那上面写着(来)(去)各两次。青沙也凑近看了看。

"但是,这也还不够充分呢。你瞧,医生不是说过,他是在十一点半左右驱车来写死亡诊断书的吗?但不是没有那辆汽车的声音吗?"

麦人看了看青沙,淡淡一笑。

"那座房子位于小区的深处,道路狭窄。我去现场实际查证了一番。也就是说,医生的车是大型车辆,汽车没法开到他家的门前,是在大路边停下来的。草壁俊介所借的车是小型雷诺汽车。你想想,你不是说过,附近的人曾经看到过他把车开到了家门前嘛。"

停顿了一下,麦人补充道:

"编辑后记里悼念志村幸女的文章,由我来写吧。"

失败

1

D局——这么说大概不太明确,这是东北某中等城市警察局的临时简称。D局接到警视厅抓捕大岩玄太郎的任务,是在东京命案发生的一周后。

事件发生在东京杉并区的某住宅楼里。光天化日之下,两个劫匪趁某公司董事不在家,闯入其家中,将其夫人(四十五岁)和其女佣(十八岁)绑起来,抢走六万五千日元现金,以及衣服、手表、照相机等价值约二十万日元的物品后逃逸。夫人因反抗而被劫匪用锤子殴打致死。

警方从嫌疑人典当的物品入手,顺藤摸瓜,锁定了主犯浦濑三吉和同犯大岩玄太郎。两人都是东京市内一处工地的工人。浦濑三十岁,有两次前科。大岩三十三岁,没有前科。

主犯浦濑和大岩一起逃往九州,警视厅已经派出警力前往缉捕。不过,大岩的家位于D市,所以,他也极有可能会中途转到这里,搜查一科请求进行相应部署。

刑警部长山村觉得,有必要监视大岩玄太郎的家人,便命令刑警岛田良平和津坂弘雄二人对其进行监视。

"××镇住宅区四十九号吗?这个地方有点儿不太好办呀。"

老刑警岛田看着部署表上大岩玄太郎的家庭住址,皱紧了眉头。

"为什么不好办?"刑警部长山村看着他问道。

"因为这里是战时军需工厂员工的住宅啊,二百多座房子密密麻麻地建在一起。前后左右都是小房子,蹲在那附近监视不太方便啊。"

"是吗?能不能租一间邻居的房子监视呢?"

"那样马上就会被发现了。在这种大杂院似的住宅里,如果每天有奇怪的人来回出入的话,很快就会流言四起。最重要的是,大概没有一间房子能宽敞到可以让我们留宿吧。"刑警部长露出了为难的表情。

"不能想想办法吗?"

"大岩家里有几个人?"

"他老婆和一个五岁的儿子。"

岛田刑警闭上眼睛,他的额头上布满了深深的皱纹:

"家里只有两个人吗?那没办法了,我们就待在他家空着的房间里吧。那里好像才是耳目最少的地方。"

"他老婆不会通知他吗?"

"应该没问题吧。她不知道他的行踪,没法通知他。而且,如果大岩在附近转来转去的话,我们应该会很快发现他的。"

"这么一来,就要事先跟大岩的老婆说明一下情况了。"

"嗯,大致说一下就行了,以免她担心。这事由我来说吧。"

刑警部长同意了。岛田刑警是公认的老练之人。年轻的津坂刑警只是站在一旁,默默地听着两人的对话。

两位刑警出了警察局,过了两个小时左右,岛田刑警一个人回来了。

"先跟您汇报一下情况。"他声音低沉地跟部长说道。

"大岩玄太郎的老婆叫久美子,今年二十八岁。他们有一个五岁的男孩,叫亮一。大岩半年前失业了,为了找工作来到东京。据说,他跟邻居们说过,如果在那边混好了,就把老婆孩子都接过去。久美子拿着低保补贴,现在在本市失业对策工程的职业介绍所那里打零工。也就是说,她是日间零工劳动者。她白天把孩子送到附近寺庙的托儿所里,锁上门就出去干活儿了。附近邻居对她的评价还不错。大概就是这么个情况吧。现在,我把津坂君留在了那里。"

岛田汇报完这些后,就回去了。

第二天早上,山村部长去警局上班时,发现岛田已经在那里等他了。他看起来有些犯困。

"哎呀,辛苦啦。怎么样了?"

"我委婉地跟大岩的老婆说了一下。她是一个心直口快的女人。她后悔得直哭,说:'不该让老公去东京。'事情的细节我没说,只是极力安慰她不要担心。"

山村点点头。他很放心:岛田处事老练,会很好地把握哪些该说,哪些不该说,应该不会有太大的问题。

"但是,她还是觉察到了。昨天晚上,那女人在床上一整夜都没有睡着。我们跟她隔着一个房间,睡在一个有三个榻榻米①大小的厨房里,听到她的哭泣声,感觉很为难啊。这种事真令人心烦啊。"岛田表情黯淡。

"今天也要出去工作吗?"部长问道。

"不,今天休息一天,没有心情去了。对啦,我们跟邻居说,我们是他家亲戚,过来小住。"

"嗯,别让那女人被邻居嫌弃啊,尽量体谅她。津坂君还年轻,你多多提醒他。"

"没有啦,津坂君很能干。"岛田赞扬晚辈道。

2

"那么,晚上呢?"

---

① 榻榻米的传统尺寸是宽90厘米、长180厘米、厚5厘米,面积1.62平方米,也有尺寸为90厘米乘90厘米的半张榻榻米。

"我们轮着睡觉,每三个小时换一次班。幸亏不是夏天,不用被蚊虫叮咬。我们吃饭也是轮着出去吃,尽可能去较远的地方吃。要是邻居发现'亲戚'三顿饭都在外面吃的话,就不好办了啊。"

"是啊,虽然很辛苦,但还是拜托你们了。也许很快就会接到大岩在别处被逮捕的通知了,忍耐到那个时候就行了。"刑警队长半是安慰、半是激励地说道。

"话说回来,他妻子没有追问丈夫做了什么坏事吗?"

"这个嘛,她肯定是问来问去,想打探详情啊。我们就只是说他在东京出了点儿事,详细情况不太清楚,也不是什么太大的事。她也就不再继续追问了。当然,也许她是因为害怕了解具体情况而不再追问的。但是,那个女人可是挺让人佩服的啊。"岛田刑警说道。

"怎么让人佩服啦?"

"因为我们跟她住在同一个屋里,所以对她的作息很清楚。她早上五点起床,做好便当,放在还在睡觉的男孩枕旁。一切收拾停当后,她就会去职业介绍所上班。孩子睁开眼后,吃完枕边的早饭,自己换好衣服去托儿所。难以想象,他只是个五岁的孩子,竟然能这么沉稳。我家的孩子比他大一岁,可还是娇生惯养,跟那孩子没法比。那女人六点钟下班,先去托儿所接孩子,然后母子二人一起回家。那女人虽然只能买点儿粗点心,但是一定会给孩子带些礼物回家。尽管清贫,但母子俩看起来其乐融融。

我们在一旁看着,忍不住眼泪都要流出来了。"

"这样啊。那么,那女人没有因为你们待在她家里而歇斯底里吗?"部长问道。

"这个嘛,她当然不会有什么好脸色,不说什么,也不太笑。我们对他们也十分客气,就像寄人篱下一样蜷缩在一个房间里。尽管如此,津坂君还是觉得孩子可怜,吃晚饭回来的时候,总会给孩子买些小点心或水果。"

"这样做的恐怕不只是津坂君吧?"部长看着岛田刑警脸上的皱纹,微笑着说道。

"她丈夫大岩那边有没有寄来信或明信片之类的东西呢?"

"什么都没有寄来过,连一封信都没有。"

"大岩是不是不打算回来找他妻子了?还是他想到了警察戒备森严而在小心提防呢?"

"恐怕是那样的吧。如果大岩和主犯浦濑分开了的话,一定会想回妻子这里吧。即使他想躲到一个很远的地方,我觉得也会回来看一眼老婆孩子的。这应该是他们这种人的心理吧。"

"大岩这个男人和主犯浦濑不同,他没有前科,大概是个善良的男人吧。"部长点了一支烟说道。

"我也这么觉得。"岛田刑警接过部长递给他的烟,点了点头。

"从他妻子后悔让丈夫去东京这一点来看,无疑是这边没有好工作,生活越来越艰难,所以他才去东京找工作的吧。可是,现实也没有想象中那么好。他在工地打零工,也就没有钱寄给老婆孩子了。于是他便受到浦濑的诱惑,稀里糊涂地做了一把强盗。我想,大岩骨子里应该是一个总想着老婆孩子的好丈夫吧。"

"都怪失业啊。'只要去东京就会有工作。'这个想法太天真了。"

"虽然我们也会抱怨工资低,工作辛苦,但这样也很幸福啊。"

说到这里,两人相视苦笑了一下。

"对了,部长,说起劳动,津坂君说过,他也想去那女人干活儿的地方监视呢。他的意思是大岩也许会去那里跟她取得联系。这个可能性也不是没有,我虽然觉得这是个好想法,但是我跟他说我一个人很难决定,要先回来跟部长商量一下。"

"哦。"部长稍稍考虑了一下。

"也就是说,他要在大岩的妻子打零工的地方,监视上整整一天吗?"

"是的。家里我一个人守着就行了,不会让大岩跑掉的。"

"那就好,不过这么一来,津坂每天在他妻子工作的地方转来转去,会被其他工人怀疑啊,还是先把情况告诉那里的负责人比较好。"

"是啊,那么,那边就麻烦您啦。"

"就这么办吧。辛苦啦,加油啊!"

部长和岛田刑警商量完这些事之后就各自去忙了。

就这样过了一个星期左右。这期间,岛田刑警每天都会给山村部长打一次电话,进行汇报。什么事都没有发生。监视工作毫无异样地继续进行着。

"怎么样?光让你们两位守着,你们累坏了吧?我可以换换人呀。"部长有一次在电话中说。

"不用,没关系的。其他人也都有自己的事要做。过一阵子再说吧。"岛田刑警这么回答道。

可是,三天后,有人发现大岩玄太郎在十里开外的邻县海边溺水身亡。现场有一个二十米高的断崖,海水直冲崖下,水花溅得四处纷飞。断崖的树枝上挂着他的上衣,警察在衣服口袋里发现了他写给老婆久美子的遗书。

遗书大致内容是"我要清算自己所有的罪过,剩下的事就拜托你了",这种千篇一律的遗书内容并没有什么特别。不过,遗书接下来的内容却让人无法轻视。

"……十二号晚上,能和你见上一面,是最令我开心的事。家里果然有警察守着,可把我愁坏了。我一直在外面转来转去,完全没有想到能够在警察森严的监视下,在我熟悉的屋后见到你。没能看一眼亮一是我唯一的遗憾,这应该是贪求了吧?虽然你跟我说过,无论如何都要一直活下去,但我最终还是丧失了活下去的勇气。希望你能放弃这个窝囊的老公。这样说似乎任性自私,亮一就拜托你了。直到最后还把你扔在劳苦之中,非常抱歉！你一定要好好保重身体,愿你今后幸福美满……"

据这份遗书所说,嫌疑人大岩玄太郎十二号晚上在自家屋后见了妻子久美子。埋伏监视的两个警察那时候在干什么呢?这是一个问题。

3

虽说大岩是从犯,可他毕竟是入室抢劫杀人的嫌疑人,让他得逞,派人日夜埋伏监视的警方颜面何在?这个责任必须要追究。让嫌疑人自杀也是一个失败。嫌疑人在自家屋后和家属见面,可住在他们家里监视的刑警却没能逮住他,这是怎么一回事呢?

局长非常生气,说自己在警视厅里脸面尽失。刑警部长山村决定向岛田和津坂两位刑警问明情况,这就相当于审查了。

在那之前,刑警部长先找来大岩玄太郎的妻子久美子,询问遗书里所说的是否为实情。

久美子是一个娇小的女人,她将头发在脑后梳了一个发髻,素颜出现在山村面前。她脸颊瘦削,更突显出一双大眼睛。因为每天劳作,她的皮肤有些黑。"如果好好化个妆、穿上像样的衣服,她应该会显得更年轻吧。"山村部长想道。

"十二号的晚上,你和你丈夫见面了,是真的吗?"

"是的。"久美子低头答道。

"那是几点呢?"

"我想是在十一点半左右。"

她的声音虽然不高,语气却很坚定。

"在这之前,他跟你联系过说他要来吗?"

"没有。他是那天晚上突然来的。"

"你怎么知道他来了呢?"

"因为他敲门。"

"敲门?当时你还醒着吗?"

"不,我睡着了。"

她的回答有点儿犹豫,中间停顿了两三秒钟。

"睡着了还能听到?敲门声那么大吗?"

"不,不是很大。因为我一直留意着,所以即使很小的声音,也马上就醒过来了。"

"你一直留意的是你丈夫也许会回来这件事吗?"

"是的。"久美子点头答道。

"然后呢?"

"然后我就悄悄地起来,走到后门,打开门锁,走到外面去了。只见孩子他爸站在一个昏暗的地方,小声地喊我的名字。"

"当时你不担心被住在你家的刑警们发现吗?"

"当然担心了。我蹑手蹑脚地走到后门那里。"

"刑警们在干什么?"

"刑警们,"久美子在这个地方也稍稍停顿了一下,"在睡觉。"

"两个人都在睡觉?"

"是的。"久美子又垂下眼帘答道,"年长的警官蜷在被子里,睡得很香。虽然被子很破旧,但我觉得直接在榻榻米上睡太可怜了,便强行把被子给了他们。一开始他们不要,但是最后总算轮流盖被子睡觉了。"

"你说的轮流,是指总有一个人保持没睡的状态吗?"

"是这样的。"

"这么说,当时在被窝里躺着的是年长的刑警。年轻的刑警应该是醒着的。他也睡着了吗?"

"不是的,他没有睡在被窝里,他睡在旁边的榻榻米上。两位刑警都没有穿外套。"

"那个房间离厨房很近,只有三个榻榻米大小。明明是这样的,可是你却听到了敲后门的声音,醒了过来。而两位刑警却没有听到。而且,他们俩一直睡着,对你打开后门出去一无所知,是这样吗?"

久美子的回答又中断了两三秒钟。

"没错。"她又补充道,"年轻的刑警白天太疲劳了,所以不知不觉睡着了吧。"

"白天疲劳?"

"是的,他总是待在我工作的地方,不曾离开。"

"啊,原来如此。但是,他并没有像你那样辛苦工作吧?"

久美子默默地点了点头,但她点头的动作很小。

"应该是你这个一直辛苦工作的女人更累,酣然睡熟了才对啊。"

山村直盯着久美子的脸。久美子低下头,避开了他的视线。

"嗯,好吧。你和你丈夫见面的时间大概有多长呢?"

"这个我记不太清楚了,不过时间不长。"久美子微微红着脸答道。

"大体说一下就行了。"

"我想大概有二十分钟左右吧。因为担心被警官们发现,所以我内心十分焦躁,只想让他赶紧逃走。"

"二十分钟吗?你回到屋里的时候,刑警们还在睡觉吗?"

"是的。"她微微点了点头。

"你没有劝你丈夫自首吗?"

"没有,如果能逃掉的话,我希望他逃跑。比起长期坐牢受苦,这样对我也有好处。"她毫不怯懦地直言道。

山村无法嘲笑这个女人的智慧。

他又问了几个问题,便让久美子回去了。

山村一边看着烟头化为灰烬,一边沉思着什么。

4

诚惶诚恐的岛田刑警被叫到了山村部长的面前。

"好像非常失败啊。"

这个平日里看着多少有些傲慢的老刑警,也垂头丧气了。

"这也不太像你的作风啊。"

"非常抱歉。"岛田额头上挤满皱纹,鞠躬致歉道。

"你完全没有注意到大岩来过吗?"

"是的,没注意到,睡得死死的。"

岛田抬手摸了一下白发显眼的鬓角。

"当时小睡的交班时间是怎么定的?"

"那天晚上,我从十点半开始睡觉,应该是睡到一点半和津坂君交班。"

岛田刑警的语气比平时客气多了。

"大岩是在十一点半来的,是在你睡着的一个小时之后来的。可能是因为你睡得太沉,所以没有听到声音吧。"

"啊,您是说大岩敲后门的声音吗?平时只要有一点声音我就会惊醒,可是那天晚上很不走运,没有注意到。"

"津坂当然应该是醒着的,可就连那家伙也完全睡着了,没有注意到,是吗?"

"是的。部长,这是我的责任啊。"

"谁的责任暂且不谈。我想问的是,津坂明明应该是醒着的,为什么会睡着了呢?"山村加强了语气说道。

"只有那天晚上是那样的。他平时总是毫不松懈地警醒着的,人走背运的时候,谁也没有办法。他好像是一不小心迷迷糊糊地打了个盹儿,谁知道居然真的睡着了。他白天还要去那女人上班的地方盯着,可能白天太疲惫了吧。我想是因为很多天连轴转的缘故,他虽然年轻,可还没有习惯,所以才精疲力竭了吧。"

山村心想:"没想到岛田会说出和久美子同样的话。"

"你们睡的离厨房很近的那间三个榻榻米大的房间,应该是离后门最近的。可偏偏只有睡在比较远的地方的久美子听到了后门的声音,这一点很奇怪啊。"

"是,您这么一说,我也觉得是这样。"岛田也歪着脑袋感到不可思议。

"久美子打开后门出去,和大岩在外面见了二十分钟的面,又回来了。她进屋的时候也会弄出声音的。无论她的动作多么轻,因为她和你们近在咫尺,你们应该会注意到。你怎么看这件事呢?"

"无论您怎么说,我是无话可说了。"岛田非常惶恐。

"那么,当时是谁先醒过来的?"

"是津坂君。他一个劲儿地叫'岛田前辈,岛田前辈',把我叫醒了。我以为到换班的时间了,睁开眼睛看了看表,还不到一点。他总是十分客气,一般会晚十分钟左右再叫我,所以我当时觉得很奇怪。"

"津坂那时候是怎么说的？"

"他说情况有点儿不对头，快起来看看。"

"什么？他说情况不对头了吗？"山村部长若有所思。

"他的根据是什么？"

"我也那么问了津坂君。他说他自己刚才也一不小心睡着了，睁开眼一看，总感觉在睡着期间发生过什么事情。于是就拜托我起来看看。"

"于是你就起来了？"

"我一跃而起，先去了那个女人睡觉的旁边那个房间查看情况。那是外面的六个榻榻米大的房间，中间夹着四个半榻榻米大的房间，里面就是我们睡的三个榻榻米大的房间了。他们家大约有十二坪，就是这样的一个布局。"

"明白了，然后呢？"

"我走到四个半榻榻米的房间那里，打开了一点中间的隔扇门往里面一瞅，那女人睡得正香。"

"等一下。那时五岁的男孩在哪里？"

"这个嘛……请您等一下。"

岛田将手按在额头上想了一会儿。

"我记得他当时好像是在旁边铺着的另外一个被窝里睡的。他们不是在同一个被窝里睡的。"

"孩子总是和他妈妈分开睡吗？"

"不,他们总是在同一个被窝里抱着睡。但是好奇怪啊,我记得那天晚上好像是妈妈和孩子分开睡的。"

"是吗?那么,津坂是怎么说的呢?"

"为了慎重起见,我们决定再看看屋外的情况。于是我们就从后门出去了,可是因为没有发现异常,便安心地返回屋里了。当时,如果津坂君再稍微早一点儿发挥第六感的作用就好了。那样在大岩和他媳妇见面的时候,我们就可以把他逮个正着了。太遗憾了。"

山村没有答话,又问了另一个问题。

"那天天亮以后,那女人是什么状况?"

"她休息了,没去上班,说身体不舒服。我也觉得那样做比较好。毕竟她身体也不是很结实,只要不下雨,她每天都会去上班。她要是我老婆,我会强行阻止她这么做的。"

"休息那天,那女人做了什么呢?"

"她好像躺在床上无所事事。对了,那天早上,她拿着小铁锹翻过家门前大路边上的那块地。"

"津坂在做什么?"

"他好像没事似的在一边陪着孩子玩,不时地从家里往外看那块地呢。那个孩子因为母亲没去上班便没去托儿所。后来我一想,那女人没去上班,原来是因为前一天晚上见了她丈夫,和他分别了,所以心里不平静啊。没能觉察这些真是遗憾,非常抱歉。"

让岛田刑警离开后,山村部长沉思良久。

5

津坂刑警走了进来,他面色苍白。山村部长指了指面前的椅子,他并没有坐下,只是笔直地站在那里。

"部长,非常抱歉,给岛田前辈添麻烦了。这件事完全是我的责任。"津坂的目光毫不回避,直盯着山村道。

山村对情绪激动的津坂说道:

"先坐下再说嘛!"

他掏出烟,点上火,吐了一口烟圈,什么话都没有说。津坂忐忑不安地等着山村说话。

"怎么样呢?"山村道。

"您是指什么呢?"津坂咽了一口唾沫。

"挺累的吧?埋伏监视持续几天了呢?"

"十天。"津坂答道。

"时间稍微有点儿长啊。每三个小时轮班睡觉,这样的日子持续上几天人就会很疲劳啊。我正想找人来替换你们呢。再早一点儿派人替换你们就好了。"

"不,是我不好,一不小心大意了,在关键的时候睡着了。我愿意承担所有责任。这件事和岛田前辈没有任何关系。"津坂反复强调一切都是自己的责任。

"十二号的晚上,你应该从一点半开始和岛田君轮班睡觉,是吧?那么,你是几点睡着的呢?"

"十点半时,岛田前辈进了被窝,我坐在旁边看杂志。我想大概是过了二十分钟左右吧,我困得不行了,不知不觉间睡着了。"津坂低头说道,他的语言简洁明了。

"白天,你去了那个叫久美子的女人工作的地方,是吧?"山村换了个话题。

"是的。我担心大岩会出现,每天都去监视。"

"久美子干活儿干得怎么样?"

"干得非常拼命。我在一旁看着,感觉其他人好像不太认真呢。可能是老人和女人较多的缘故,好像没有人是真心做事的。休息时间又多又长。当然这也可以理解,无论他们多么努力工作,生活也是没有什么希望的,只是干一天活儿,拿一天钱而已。我在一旁看着,感觉连自己的心情都被带得快绝望了。再看看那些衣冠楚楚的男男女女兴高采烈地从身旁经过的情景,虽说是工作,可我也会觉得难过。"

"你是说,在那些人里,只有久美子在拼命地工作?"

"是的,令人佩服。"

部长盯着津坂的脸。

"你就只坐在那里,什么也不做地在那儿看着?"

"这个……"津坂的眼神黯淡下来。

"不是这样的吧？你也会经常帮帮她吧？"山村本来是准备这么问他的，但是话到嘴边又咽了下去。

"工作结束后，回去的路上是什么情形？"

"我跟在久美子身后，稍稍留出一段距离走着回去。"

"具体是什么情况？"

"她买了晚饭的食材，花二十日元给孩子买了些粗点心，再去托儿所接孩子，两人一起回家。每天都是这样。"

"这种时候，她一定很开心吧？"

"是的，见到孩子的时候，她看起来特别高兴。"

山村再次注视着津坂的脸。

"你这样寸步不离，久美子会不会很讨厌你啊？"

"一开始是非常不高兴的。"

"一开始？"

"是的，后来她就不那么排斥了，大概是在心里放弃抵抗了吧。"

部长这时又抽了一口烟，这是他思考问题时的习惯。

"'我丈夫到底做了什么坏事？'她有没有死缠烂打地问你这个问题啊？"

"在和她丈夫见面之前，她很想问，但我们不说，她就预感到她丈夫是做了很严重的坏事，后来似乎不敢再问了。"

"那么，她一直很担心吧？"

"是的，她十分消沉，看起来很可怜，总是在思考着什么。看着她那个样子,我们反而更加于心不忍了。"

"是不是越发不喜欢这样的工作了?"

"这个嘛,我也有过这种想法。他妻子是无罪的。我们跟一个无罪的女人同居一室,好像是在欺负她。虽说如此,但我并没有因此而懈怠工作。"

"这个我明白。"

山村把烟灰按在烟灰缸里。

"对了,你睡了一会儿之后,大约是几点醒来的?"

"不到一点的时候。不知不觉睡了那么长时间,我自己也吓了一跳,便赶紧起来了。"

"不是听到了什么声音被惊醒的?"

"不是,是突然睁开眼睛的。"

"但是,听说你叫醒岛田君,跟他说情况有些不对劲儿啊。"

"因为我感觉是那样的,只凭感觉,毫无根据。我想大概是因为我不自觉地睡着了,心里恐慌,所以才会有这种迷茫感。"

津坂不禁低下了头。

6

"久美子说过,大岩是在十一点半左右敲后门的。你们离门更近,应该听得更清楚才对,但睡在外屋、离门更远的久美子反而听到起床了,这一点让我觉得不可思议。"

山村部长第一次使用了"不可思议"这个词语。津坂的眼角稍稍颤抖了一下。

"我睡着了,完全不知道,什么也没有发觉。对这一点,我愿意承担一切责任。"

"我不是在说责任的问题。"部长温和地说道。

"久美子打开后门去见她丈夫了。在那里待了二十分钟后回来,把门关上,回到床上。久美子会离你们很近,从你们身旁经过的。这样你们都没有发觉吗?依然在熟睡?"

"是啊。"津坂低下了头。

"久美子上床是在十一点四十分或五十分。即使你睁开眼睛是在十二点五十分,期间也过了一个多小时。那段时间是你依然在睡觉的时间。"

部长用锐利的目光盯着津坂的脸看,津坂脸色苍白。

"你叫醒岛田君去看久美子的情况时,久美子是在床上躺着的,对吧?"

"是的。"津坂点头道。

"孩子呢?"

"孩子……"津坂似乎咽了一口唾沫,喉结滚动了一下,"睡在久美子的旁边。"

"是和他妈妈在一个被窝里吗?"

"不,是在另一个被窝里。"

"母子俩总是这样分开睡吗？"

"不是，我印象中好像平时是在一个被窝里抱着睡的。"津坂的声音很小。

"也就是说，只有十二号晚上，他们是分开睡的。"

津坂沉默不语。他沉默，不是因为在思考这个问题，他的脸上不是思考的表情。

"久美子睡觉的房间是六个榻榻米大小的房间，外面是马路。那里有一块小小的田地，位置是这样的，对吧？"

"嗯。"津坂轻轻点了点头。

"十三日，也就是久美子和大岩见面后的第二天，她没有去上班。那天早上，久美子翻过那块地，是吗？"

"嗯。"津坂对此也轻轻点头认可。

"听说你一直在从屋里往外看，是吗？"

"嗯，只是心不在焉地……"

"久美子在地里干什么呢？"

"用铁锹翻地。"津坂的声音在颤抖。

"翻了多长时间？"

"大约三十分钟。"

"三十分钟……三十分钟在那么狭窄的土地上翻来翻去，一般的鞋印都会消失吧。"山村像自言自语一样说道。

山村又吸了一口烟，一边吐着烟圈，一边用眼角的余光扫视津坂。津坂耷拉着脑袋，无精打采。他的肩膀在微微颤抖。

两人再次陷入沉默,沉默了很久。两人之间流淌着令人窒息的紧张感。

打破沉默的是津坂。

"部长!"他突然抬起头来,从椅子上弹跳般站了起来喊道,"请您处分我吧!"

"处分?因为你睡着了吗?"

津坂的脸扭曲了,他的眼泪流了下来。

"因为我让重大嫌疑人逃走了,我想请您开除我!"

让嫌疑人逃走——这是指他睡着了让嫌疑人逃走了,还是因为别的原因把嫌疑人放跑了呢?这个说法似乎解读为这两种情况都可以。

山村部长看着津坂那张哭泣的脸,没有继续追究下去。

津坂刑警虽然没有被开除,但是他自己主动辞职了。

在那之后,山村部长邀请岛田刑警喝酒的时候,对岛田的疑惑做了这样的回答。

"津坂那时候是醒着的,那家伙并没有睡着。但是,岛田君,因为轮到你睡觉了,所以你在熟睡中。不过,你再怎么熟睡,后门离你那么近,敲门声不可能吵不醒你。明明是这样的,却只有睡在离那里最远的久美子听到了,这是因为大岩并非是敲了后门,而是从大路上过来,敲了久美子房间的防雨窗。所以,只有久美子听见了,她起床悄悄打开了外面的防雨窗,而不是从后门出去和大岩见面的。因为如果是开关后门的话,你应该就会醒了吧。"山村把酒杯举到唇边,继续解说着。

"津坂当然注意到了这些,因为房间狭小嘛。他起身想跟在久美子身后。这时候,发生了一点儿状况,久美子不知跟津坂说了些什么。久美子肯定做出了某种承诺,这让已经爱上久美子的津坂停止了追捕。那个诺言在久美子在外面见了大岩二十分钟后,回到屋里时得以实现。在将你叫起来的十二点五十分之前,是有一个多小时时间的。你大概明白这是为什么吧?五岁的孩子那时候被移到了另外一个被窝里。"

岛田皱着满是皱纹的脸,叹了口气。

"部长是怎么注意到这些的?"

"因为津坂在离交班还有很长一段时间的时候把你叫起来了啊。他明明没有任何根据,却说情况不对劲儿,将你在规定时间之前叫了起来,那是因为他内心不安,不得不做点儿什么吧。第一,津坂不是一个会睡着的男人;第二,他的行为有点儿不正常,我觉得这其中大有文章。而且,敲门的声音居然没有把离门最近的你吵醒。"

"原来如此。"

"清楚地明白这一切是在听你讲久美子早上在翻大路那边的地的时候。一听到那一点,我马上恍然大悟了:啊,这是要翻掉大岩的脚印啊。你不是说过津坂从屋里往外看着她翻地吗?这说不定是津坂给久美子出的主意。"

"津坂君觉察到部长的这些推测了吗？"

"好像是注意到了。我说给他听的时候，他就哭了，还说什么'请您开除我吧'之类的话。不过，我揣着明白装糊涂。我觉得继续逼他会出麻烦的。"

"为什么呢？"

"因为关键人物大岩玄太郎已经自杀了嘛。我不想再逼出新的自杀者啊。"

山村将手里的酒杯递到岛田的手上，然后低声说道：

"津坂以后也许会跟久美子在一起呢。那样的结局，比起让他自杀要好啊。"

他举起酒壶，准备给岛田倒酒。

携款潜逃之旅

1

森村隆志从外面回到他所供职的事务所。事务所在一座大厦里。走在大厦的走廊里,能看到其他几家事务所玻璃窗上已经拉下了帘幕。今天是星期六。现在时间已过下午三点,很多公司星期六只有上午上班。

隆志推开事务所的门,这里还有几个职员没走。正因为如此,一到星期六,他就觉得这是个小公司。他推开门,一股热浪扑面而来。外面的外套已经十分厚重了,屋内依然还生着炉子。这是一座没有暖气设备的大厦。四五个职员懒洋洋地围着炉子坐着,有人看见森村隆志,说了声"你回来了"。

隆志脱掉外套,拿着手提包走到会计那里。会计部用齐腰高的木板与办公区隔开,安着拉门。因为会计部要做处理现金的工作,所以像个围栏一样,和一般的办公区分隔开了。围栏里面,头发稀疏的会计部主任正在弯着背看报纸。

隆志在他面前的桌子上打开了手提包。会计部主任摘下眼镜,抬头看着隆志说道:

"辛苦啦!怎么样?钱收得顺利吗?"

星期一必须要付一个大型票据的款项,所以主任对能否收回钱来非常担心。

"今天收回来一半。"他毫无沉吟,说得干脆。

说完后,隆志觉得自己的行为已经起了决定性作用。他从包里取出了一捆捆现金和支票。包里面被分成了两部分,另一部分里,还留有几捆现金,它们被隐藏了起来。他盖上了包盖,只听见包盖的搭扣"啪嗒"一声响。

"栗栖商会现金五万日元,支票十二万日元;东洋工业现金十二万日元;渡濑产业现金九万日元;御手洗商务支票两万八千日元……"

会计部主任再次戴上眼镜,将隆志所说的详情一一记录了下来。他开始对照着账本,核对所收到的支票和现金。他清点着钱数,用红色铅笔做着确认。

"只有这些。还有五家让我下个星期一再去。"隆志报告道。

那五家的钱总共三十五万日元,全都给了现金,留在了他的包里面。

"是吗?这可麻烦了。星期一的两点之前能要回来就好了。"

主任皱着眉头,心里记挂着票据兑换的时间。

"我尽量上午去收回来。"

"好的,务必早一点啊。"

会计主任老花眼镜闪烁着亮光,给了年轻的隆志一个笑脸。

隆志拎着手提包,走到自己的座位上。他故意将手提包扔到桌上,加入烤火的同事们。

"怎么样? 今天是周六,咱们稍微早一点走,去池袋喝上一杯吧。"其中一人对隆志说道。

"今天不行呢。"

他年纪最小,是资历最浅的后辈。

"为什么?"

"跟人约好了要去看电影。"

"和女孩子吗? 啊,我看见过你们一起逛街呢。那是哪家公司的女孩?"

隆志笑了笑,没有解释。他们大概是真的被同事们看到过吧。他和西池久美子走过太多地方。涩谷、井之头、多摩川、镰仓……星期日的晚上,他们经常在闪烁着霓虹灯招牌的旅馆街上徘徊。

大家开始商量去喝酒的事。有人说那个店里赊账太多,暂时去不了了。他们的话题又从赊账转到了工资太低、借钱上。原本漫无目的的闲聊瞬间变得热闹起来。

隆志对扔到桌子上的手提包连看都不看一眼,但是,他的心却在不断地被它牵引着。三十五万日元的钞票被分成四捆放在包里。那是他可以随心所欲地支配的钱。隆志听着别人说话,不时地插上一两句。

四点钟一过,大家纷纷散去,开始收拾桌子准备回家了。隆志打开自己桌子的抽屉检查了一下,里面尽是公司的发票用纸、信封、铅笔、便笺之类的东西,私人物品一样都没有。因为他四五天前就开始若无其事地着手准备了。

"我先走了。"

隆志跟还没走的人打了个招呼,拎着包站了起来。穿外套时,他看了一眼隔间里的会计部主任,主任正弓着背专心致志地对着账本打算盘。

隆志再次环顾这家事务所。今天是最后一次将其收在眼底了,他心里却毫无留恋,与这个破旧不堪的地方缘分已尽。他关上房门的时候,这种隔离感在意识中更加清晰。

他沿着走廊下了楼梯,一只手摇晃着手提包。几乎所有的事务所都已经拉下了茶色帘幕,不见人影。今天是星期六,他故意选择了星期六。他一直以来都在琢磨这些。

明天是星期天,事务所会寂然死去,星期一上午九点才会复苏。那时距离现在有四十一个小时。那时他的举动才会被发现,距离被追捕还有很长一段时间,他可以不慌不忙地逃到很远的地方去。这段充裕的逃亡时间如同三十五万日元一样奢侈。

距五点半还有一段时间,隆志从京桥往返了一次银座。大街上依然人来人往。男女老少都在过着怎样的生活呢?一对年轻的男女挽着胳膊边聊边走,步调一致,看起来傻乎乎的。这与他现在的心情相距甚远。大街上的颜色看起来有些虚无缥缈，十分遥远。交错而过的上班族虽然衣着光鲜，但钱包里大概只有一千日元的票子而已。他们大概会将那一千日元的钞票叠好，小心翼翼地藏在钱包夹层里吧。如果他把包里面的三十五万日元撒在他们面前的话，他们会多么震撼啊！这并非是他做不出来的事。就连对面走来的装腔作势的年轻女孩的脸蛋都可以猛然撞飞。这种事是可能的。既然已经决意要死，没有比这更暴力的自由了。

隆志从京桥拦了辆车，去了东京车站，用了不到三分钟。

付钱时，司机有些嘲讽地说道：

"这钱花得有点儿浪费啊。"

隆志走上十五号月台，西池久美子从人群中挥着手走了过来。她的脸红红的，手里提着旅行箱。

旁边到达的列车是发往博多的特快列车幸风号。

2

窗外流淌着东京的夜景。密集的灯火渐渐地不再浓重，越来越黯淡，越来越稀疏。逃离之后，穿行于窗外的是暗黑的夜。

盯着窗户看的西池久美子说道：

"终于和东京分别了啊。"

她的嘴里散发出口香糖的薄荷香气。

"觉得寂寞吗?"森村隆志问道。

久美子摇了摇头。两人茫然若失地凝视着窗外羽田航空管制的指示灯。

列车特等座车厢内灯光如昼,为奢侈的旅客们增添了光彩。客人们将脑袋倚靠在白色的车座套上,坐姿各异地坐在座位上。大家看上去都是在无忧无虑地享受旅行的乐趣。男乘客在吞云吐雾,女乘客吃着水果和点心。

"喂,我们去哪里呢?你已经决定了吗?"久美子问道。

她用手指捏住口香糖,把它从嘴里吐出来扔掉了。

隆志打开笔记本,用指尖确认着地点。博多——阿苏——日奈久——指宿,上面用铅笔这样写着。

"这要转很多地方呢。枝宿是哪里啊?"

"真是个傻丫头,这个读指宿,在鹿儿岛县,是日本南部尽头的温泉。"

"你有钱吗?"

隆志瞅了瞅没有放到行李架上、就在自己身边的手提包。

"有啊。把所有钱都花光之日,就是我们完蛋之时。日本的尽头,正好跟我们的命运相符。在那之前,我们可以奢侈地玩一把。"

久美子收着下巴点了点头。这个女人并不知道他有那么多钱的原因,只知道要跟他一起去死。

西池久美子没有父母。五年前,她被送到叔叔家生活。叔叔是一名下级官员,明年退休,正在为退休后的谋生之路而奔波。他为人十分吝啬,家计如窒息般拮据,过得很不丰润。婶婶则总是给久美子白眼。她搜刮走久美子赚来的大部分钱,只有在发工资那天才给她好脸色。久美子说,这样的生活没有希望。

森村隆志和她相爱的理由,一半是对她的同情。他出生在长野县和山梨县两县交界的大山深处,是一个农民家庭的第三个男孩。老家的田地被兄长夫妇继承了。父亲主事的时候,也没有给他寄过一次钱。离乡后,他只在父亲的葬礼时回过故乡。

相似的凄凉境遇,让他在认识久美子时,比水往低处流还容易地和她相爱了。两人沉溺了。但是,沉溺之后,现实的残酷再一次将两人包围了,正像游泳过后,皮肤会变得干燥一样。可是人又不能一直沉浸在水中。

"一起死吧。"不知是谁先正式地提出了这个建议。当然,先说出"好没意思啊,想死"的是久美子。"是啊,活着也没有办法过好啊。"隆志也怔怔地看着半空,表示赞同。后来隆志说出"好想死啊"的时候,久美子也点头同意,说"是啊"。这种对话反复进行了好几次。有时是在井之头的水池边,有时是在代代木夜晚的树林里。

这种对话随着时间的推移,不知不觉地化作了一种意志。它慢慢变成了两个人的宿命,让人觉得不跨出那一步,别无办法。当然,枯燥无味的生活起到了推波助澜的作用。两个人一起赴死,这种行为本身自带一种甜美的感伤,也可以说,是枯燥无味的现实让他们去追求那种甜美的。森村隆志将那种想法传达给了久美子。久美子没有异议。她说,何时执行全听隆志的。

隆志心想:如果要死的话,死前想过得奢侈一点儿。一直以来的生活太悲惨了,到死都这样悲惨太可怜了。哪怕只有一个小时也好,他想随心所欲地享受一下豪华生活的滋味。他想:那种氛围,能体会一日就好,两日更好。反正他已经决定要死了,应该没有什么可怕的了,没有必要再去在意什么秩序和道德,直到生命尽头,都只是个寒碜的工薪族也太可悲了。他虚无的空想在不断地蔓延。

最终,他决心将公司的钱作为创造这种氛围的资本。死之前马上就被捕太无聊了,他想要五天左右的自由时间。与死亡相比,这算是极小的要求了。为此,他将携款潜逃的日子设定为周六,空出周日整整一天的时间。这是绝对安全的一天。

另外,还需四天时间。隆志决定将潜逃的地点选在九州,原因是他既没有去过九州,也没有跟别人透露过想去九州。当然,也因为他在那边没有亲友。一般的逃亡者之所以失败,是因为他们去的地方,要么是之前旅行去过的地方,要么是有熟人的地方,所以,警察马上就会把手伸到那里。对隆志来说,九州是一个和他没有任何瓜葛的地方,也没有什么情怀,任何追捕者都不会联想到那里。

"四天之内暂时应该是安全的吧。"他想。

一周之前,他就已经从收回来的钱里抽出一点儿,买了两张幸风号列车的特等座车票。他只跟久美子说过要去的地方是九州,当天才通知她离家出走。一直以来,他们不断地规划那场宿命的旅行,那个甜美的结束眼看就要成为现实了。久美子听后瞬间闭上了眼睛,不过她说道:"很开心与你同行。"他看看如今坐在自己旁边的她,她的脸上既没有不安,也没有忧郁。她看起来似乎很享受最后的旅行。"我们要奢侈一把。"即便隆志这么说了,她也毫不怀疑。隆志心想:"坚决不能把携公款逃跑的事告诉她……"

"我说,"久美子开心地调整了一下靠背的角度,仰卧在椅子上,"我还是第一次坐这么奢侈的火车呢。"

"是吗?"隆志点上一支烟,脸上露出怜爱的笑容。

这个女人只坐过三等车硬邦邦的座位啊。

"喂!"她从座位后方伸过手来拉他的手,"那边的座位为什么空着呢?"

她指的是对面那一侧的第三个和第四个座位,空着两个人的位置,罩在绛紫色的天鹅绒座椅上的白色座套一览无余。

"因为预约座位的人要在下一站上车。下一站是热海,大概有人从热海上车吧。"隆志回答道。

窗外相模湾黑沉沉的大海广阔无垠。他翻开了杂志。

列车停了下来。窗外叽叽喳喳,人声嘈杂。列车到了热海。

"你看,预定那座位的人上车了。"久美子好奇地说道。

斜对面空着的两个座位上,坐上了一男一女,像是一位中年绅士和他的妻子。

3

　　座位一直空着,看了让人觉得不安。中年夫妇坐在那里,隆志和久美子的心情总算平静下来。

　　这对夫妻乘客无论衣着打扮还是言行举止,都给人一种优雅的稳重感。丈夫大概四十七八岁,白发偏多的头发梳得整整齐齐,发缝分得非常漂亮。西装和领带十分雅致,体现了他很好的教养。他有些瘦,眼神十分柔和。热海的灯光在窗下摇曳。只见他从口袋里掏出烟斗,用一块雪白的手帕擦拭起来。

　　妻子将丈夫的大衣认认真真地叠好,脱下自己的外套,将它们一起放到行李架上。她的外套是银灰色底色配黄褐色大线条的皮草,里面穿的是黑色"本盐泽"和服以及雅致的茶色锦纱外褂。哑光的材质使她显得格外沉静。她大约四十岁,细长的面颊给人一种高贵之感。一切收拾停当后,她娴静地坐在丈夫身边,默默翻起了杂志,眼神十分平静。

　　丈夫晃了晃烟斗。妻子把杂志放到一边,将丈夫用完的手帕整整齐齐地叠好,收到口袋里,顺便帮他掸了掸掉落在膝盖上的烟灰。

丈夫说了句什么话,妻子将脸凑过去回应丈夫,两人的脸上荡漾着微笑。他们的说话方式很低调。妻子身材苗条,坐姿优雅。

隆志和久美子一时间被斜对面的这对夫妇吸引住了。

"这对夫妻好优雅啊。"久美子窃窃私语道。

隆志点了点头,久美子说出了他的想法。这对夫妇身上,笼罩着一种周围其他乘客所不具备的稳重和优雅,以及一种宁静的爱情。

此后,隆志的眼睛也不时地扫视斜对面的两个人。丈夫在衔着烟斗读书。妻子从一个旅行箱里取出威士忌酒瓶,打开了盖子。丈夫放下烟斗,手握一个小巧的酒杯。妻子倾斜着酒瓶往杯中倒了点酒,然后盖上了盖子。他们的动作潇洒得体,似乎有一种节奏感。丈夫说了句什么,妻子笑着摇了摇头,有些羞涩,原来是拒绝了丈夫劝的威士忌酒。

隆志移开视线,看着久美子。久美子往后躺着,睡着了。那是孩童一般的睡脸。那是一副对隆志的爱情深信不疑的表情。然而这个时候,隆志却有一种奇怪的感觉,仿佛久美子是一个遥远的存在。

说她遥远,也许不太合适。他瞬间感觉到两人之间的距离是事实。一直以来亲密无间的两个人忽然疏远了,其原因无法解释。但是,他有这种感觉是受到了斜对面那对夫妇的影响却是毫无疑问的。隆志和久美子之间拥有过剩的爱情,却没有生活。而那对夫妇拥有低调的爱情,以及坚实安定的生活。它形

151

成了一种无形的压迫感向隆志袭来。他觉得久美子遥远正是因为这个。

隆志垂下眼帘。斜对面的妻子也将一个白色的手帕搭在脸上,睡着了。她的睡相也很优雅。丈夫依然握着烟斗,看着书……

午后,列车到达博多,乘客都在准备下车。隆志取下行李架上的旅行箱,交给了久美子。

"到了啊。"久美子的口气里含有"终于到了"的意思。

窗外是一个陌生的车站。

隆志提起手提包,三十五万日元的钞票并不重。今天是星期天,绝对安全的一天。就算明天事情败露,恐怕也要等到下午。隆志仿佛看到了会计部主任往老主顾那里打电话并瞬间面无血色的情景。

下车时,隆志看了一眼斜对面的夫妇。丈夫提着皮箱,站在过道上,正在看着隆志他们。虽然他的目光柔和,可隆志还是有些慌乱。妻子穿着外套,跟在丈夫身后,体态修长。她用手指抚摸着丈夫的大衣。隆志让久美子在前,两人一起往外走去。

一出车站,旅馆揽客的人就靠了过来。他们被带去的是一个离大街较远的小旅馆。房间很小,有六个榻榻米大小,一打开拉门,隔壁房间的储藏室就在眼前。

隆志这才意识到,自己和久美子因为穿着打扮而被揽客的人给看扁了。隆志的大衣是三年前买的。久美子的外套也已经褪色,下摆上有斑斑污渍。两人的鞋子都皱巴巴的,破旧不堪。

一想到要把这样的鞋子放进旅馆的存鞋柜,他就脸红了。旅馆的人并不知道他拿的手提包里装着可供挥霍的三十五万日元。

"我们去商场吧?"女服务员上完茶和点心退出去之后,隆志说道。

"去商场?"久美子惊讶地抬头看着他。

"嗯,去买东西。我们有必要穿点儿更有档次的衣服。"

他的语气中含有不容分辩的成分。两人跟旅馆的人说了声要出去一趟,又问了一下商场的地址,便出门了。

这里的商场也和东京的一样气派。隆志先给自己买了一件大衣和一套西装。这些都是英国制造的,他在现场试穿过,又轻快手感又好,就像春天的太阳一样暖和。这些衣服和鞋子花了将近十万日元。他强行给有些退缩的久美子买了一套丝绸西装和一件阿斯特拉罕羔皮的大衣。她试穿的时候,女店员用半嫉妒半艳羡的口气说:"非常适合您。"天蓝色的衣服散发着高贵的光泽。久美子的衣服花了七万日元。这是一次比隆志平日里经常去买便宜领带还轻松的购物。

久美子目瞪口呆。

"能行吗?"她的眼神不安起来。

"没问题。我前天辞职了,收到了公司的离职补贴。"

久美子终于放下心来。

一回到旅馆里,掌柜的和女服务员都瞪大了眼睛。隆志心想:"活该!"然后他说要搬到别的旅馆去。女服务员惊慌失措,连说还有更好的房间,但是他们没理她就离开了那家旅馆。出门的时候,放下了一千日元的茶钱,女服务员将脑袋磕在榻榻米上,行礼道谢。

H酒店是博多地区最高档的酒店。站在服务台前,打着领结的领班毫不怀疑地朝两人行了个礼。隆志拿起笔来,流畅地写下了化名。一位穿着藏蓝色制服的男服务员帮他们提着行李在前面带路,他和久美子都穿着刚买的新鞋子踩在绯红色的地毯上。

那一夜的梦十分豪华。

4

第二天早晨,两人离开博多,去了熊本。按照笔记本上所写的预定行程,从熊本再去阿苏。沿途的景色沐浴在明媚的阳光里。

今天公司就会报警,警方会开始搜查森村隆志。也许这场追捕会从他的故乡开始,他的朋友家、他旅行过的地方,都会被搜查一遍。估计谁都不会注意到九州。在警方找到九州之前,他们还有些时日。

包里面还有十七八万日元。两人买服装花了一些钱,住旅馆也花了一万日元。他花得毫不吝惜。他们还有这么多钱,再做三四天的旅行梦也没有问题。

　　他们到达阿苏时,已经是傍晚了,被观光巴士载着,一路颠簸地登上了山顶。枯黄的阿苏山在眼中沉下,远处的大海隐约可见。云之下,草原上,牧马成群结队。

　　火山口上方是褐色的悬崖峭壁,地鸣轰响,烟气滚滚。两人凝视着这一切。

　　"自杀的人会从哪里跳进去呢?"

　　一旁的观光客一边这么聊着,一边从两人背后走了过去。烟雾太大,看不到下方。隆志和久美子在这里谈的都是别的事,他们的心里却在想着自杀的事。

　　火山的旧喷火壁像外面的一层墙壁一样包围着中间区域。它的内侧横亘着一片广阔的平原。然而,旧喷火壁的包围却让人窒息。让人有一种被围在其中的压迫感。那山的身影似乎是将其逼进了包围圈,不允许脱逃似的。太阳渐渐地落到那旧喷火壁的阴影中。

　　"我们下山吧?"隆志道。

　　久美子点了点头。她的脸色十分苍白。

　　坐巴士下山之后,他们回到了叫坊中的车站。

　　"这一带有没有比较好的旅馆呢?"

　　听隆志这么问,司机打开车门,将两人迎进车内。汽车在平原上行驶了一阵子,然后开始上山。像箱根和日光那样,山道是一条滑滑的白色道路。他们在平原的田地间看到了踩麦苗的情景,在这山坡上,听到了林中黄莺的啼叫。

半山腰上有一家白色墙壁的酒店。暮色将临的山中,酒店的灯火将窗户照得透亮。汽车转了个弯,开到正门前,一位身穿白色制服的服务员飞奔过来。

在这里,服务台的接待人员也将隆志和久美子当作上宾来接待。服务员在前面领着他们走在红色的地毯上,一对外国夫妇与他们擦肩而过下了楼。

不可思议的是,隆志感觉自己仿佛化身为电影中的人物了,言行举止自然而然地高贵了起来。他挺直身子在走廊里走着。在脏兮兮的大厦事务所中围着圆火炉添加石炭的另一个他,已经无影无踪了。

"简直像做梦一样呢。"久美子进屋后喃喃低语道。

观光酒店是阿苏山里面的头号别墅酒店。房间里的装修和陈设充满奢侈感。隆志走近久美子,张开双臂,给了她一个大大的拥抱。他就连做这样的动作也显得很自然。

来到大厅里,只见落日余晖淡淡地映照着遥远的平原和大海。海对面的山淡淡如云。远山和流云相互纠缠着。

"好漂亮啊!"久美子抓住手扶栏杆赞叹道。

"那是哪里的山呢?"

"大概是云仙吧。"

说完,隆志觉得自己来到了很远的地方,东京变成了一个遥远的存在。那里的生活也好,感情也好……

现在他将开始另一种生活,这种生活大概会持续三四天吧。他茫然思考着以后的事。但是,他知道现实和计划之间是有缝隙的。这缝隙被宛如空气一样的不安填满了。吃过晚饭,隆志邀请久美子出去散步。黑夜已至,山的气息清冷刺鼻。两人一直走到远离灯光的地方。墨色浓重的夜空下,黑魆魆的山近在咫尺。

两人挽着手,不时停下脚步,将嘴唇贴在一起。他们的双唇因夜间的凉气而冰冷。黑色的世界仿佛没有尽头,似乎能永远持续下去。声音已死。

"穿过黑暗,化作两条。一条进入黄昏的山里,一条去了遥远的海中。"久美子吟唱着。

"那是什么呀?"隆志问道。

"诗呀,外国的……"

他知道是诗。那诗虽甘美却透着不吉。久美子也感到不安,试图用口头的甘美减缓内心的苦闷。她知道自己离目的地已经越来越近了。隆志内心的情感汹涌起来。

正要回去的时候,一滴雨水滴落了下来。两人这才吃惊地发现,他们居然来到了这么远的地方,便赶紧加快了脚步。突然,他们感到背后有什么东西,回头一看,有两头牛跟了上来。久美子尖叫一声,抓住了隆志的手腕。牧牛缓缓地走在两人的身后。

"我好怕啊!"

"没事的!"隆志道。两人和牛越来越远,雨滴的数量却越来越多。

在临近酒店正门的地方,他们看到一男一女正撑着伞走着。由于伞的阴影和昏暗的光线,他们看不清那两个人的模样。不过,女人穿着酒店的和服,身材苗条。那伞渐渐远离了酒店的灯光。

隆志突然想起了在幸风号车厢内看到的那对中年夫妇。

"刚才的那两个人是不是在火车上见过的那两个人呢?你还记得吗?就是从热海上车的那对夫妇。"

久美子转头看去,伞已经没入了黑暗中。

"没注意呢。"她说道。

回到房间后,隆志突然觉得情绪低落,跟刚才在黑暗中所体会到的感情相差极大,仿佛有什么东西一下子陷落下去了。这种低落是从刚才仿佛遇见了那对夫妇开始的。他的脑海中浮现出那个丈夫沉稳地衔着烟斗的样子,以及那个妻子娴静高雅的形象,隆志陷入了一种难以言表的情感崩溃中。

对方那纹丝不动、稳如磐石一样的安定压迫着他。

"跳舞去吧?"隆志道。

两人来到舞厅,一对外国夫妇正在跳探戈舞。隆志盯着看了一会儿。外国夫妇走后,他们跳起了吉特巴舞。若是不跳这么快的舞,就无法排解内心的烦闷。隆志无法让自己振奋起来。

5

第二天,两人从阿苏去了熊本,在城里转了转,什么都没有心情看。他们懒懒地在城市里徘徊着。

下午,他们坐上了下行列车。下行列车继续向南部尽头靠近,离东京越来越远。

几个小时之后,他们在日奈久车站下了车。这是笔记本上所记的第二条路线。

旅馆靠近大海,是一个被白色的围墙环绕的大房子。

女服务员把他们领到了一个宽敞的榻榻米客房。这里有十个榻榻米大小的卧室和六个榻榻米大小的休息室,此外还有一间会客室。她貌似是看了两个人的着装,便将他们领到了最好的房间。在一个书法的挂轴前,香炉正升着紫烟。

"两位是东京人吗?"女服务员看着旅馆登记簿上的字问道。

隆志不禁露出胆怯的眼神。女服务员彬彬有礼地笑着。

"很少有东京客人到这边来。"女服务员十分亲切地说道。

隆志向她询问了这附近值得一看的地方。

他暗想:"写东京不太合适。不知搜查现在进展到什么程度了。"毫无疑问,他的熟人和朋友,警方应该都已经查问过了。嫌疑人应该是在这周围活动——他想起了报纸上有这么一句。警方如果发现那些推测失误,大概会重新规划搜查路线吧。不,也许新的搜查已经开始了。那看不见的搜查路线似乎马上就要延伸到这附近了。

"还有两天。"他想。

房檐下是星空,久美子凝视着大海的方向,但从这里看不见海。

"要不要去看看海啊?"隆志邀请道。

久美子顺从地跟着他,一副无精打采的样子。

冷风从海面吹来。一离开酒店,他们就看不见其他客人的身影了。潮水的味道很浓。隆志将手搭在久美子的肩上,她肩头的颤抖传到了他的手掌上。

"好冷啊!"久美子像在找借口似的说道。

海风确实很冷。远处有黑色的海岛,岛上人家的灯光在寒风中摇曳。

"回去吧?会感冒的。"隆志道。

"会感冒的"这种说法显得有些不自然。

"没事,稍微走一会儿吧。"

她沿着海边走了起来。女服务员介绍过,这片海在夏夜里会有神秘的火光浮动,是一片"有明海"。

"两天后我们就死吧。"隆志十分想说出这句话,却说不出口。他觉得这句话说出来会很残酷。久美子已经觉察到了这一点,没有必要再说出来,他觉得自己的心情已经充分表达过了。等要说出来的时候,他大概会直接说:"现在我们就死吧。"

对面的岛上闪烁着灯塔的光。

这让隆志想起了来时他透过车窗看到的羽田航空管制的指示灯。那时,他刚刚逃离东京。

他没有想到,死前的豪华之旅会让他的心情如此低落。他原本以为自己会得到人生最后的满足。他原本打算利用这三四天时间,把工薪一族的自己没能实现的梦想统统点燃,尽情燃烧。如今,一部分空想确实变成了现实,但是,那梦想成真的满足感却像从指缝里溜走一般,消失不见了。

不知为何,这种感觉似乎并不是他心中自然发生的,而是被蒙上了某种东西的阴影,是比自己更强大、更充实的某种东西的阴影。隆志觉得,那正是那对夫妇带给他的阴影。

对面燃起了赤红的火团,漆黑的松林中火光闪闪。

"去看看吧。"久美子说道。

这种时候,人大概会更向往暖色之物吧。海面上一丁点渔火也没有。

火是加盐烤海味的篝火。在海风吹拂的松林中,火在一个临时搭建的小房子那里燃烧着。火上架着一个大灶,一位老人正在添加柴禾。星空下面,闪烁着红通通的火光,他们仿佛从来没有见过这么漂亮的景象。

两人默默地观看了二十几分钟后,返回了旅馆。

旅馆的女服务员问他们:"天气这么冷,你们去哪里了?"

"去看加盐烤海鲜了。"

她听了目瞪口呆:"哎?去那种地方啊。"

"要喝点儿酒吗？"隆志问道。

他本来是不喜欢喝酒的，之前也没怎么喝过。

"好啊，我也喝一点儿。"久美子也说道。

在漆黑的心里，酒宛如刚才看到的加盐烤食物的火一样温暖。

当晚两点左右，隆志被一个声音吵醒了。

"打扰您了。"一个怯生生的女人的声音响起。

一旁的久美子也睁开了眼睛。

隆志心里"咯噔"一下。

"非常抱歉。警察先生说要见一下各个房间的客人，所以，请允许我失礼一下。"女服务员在拉门外面小声说道。

隆志面无血色，心脏怦怦直跳，头脑一片空白，晕头转向，连指尖都在颤抖。他想说点儿什么，声音却卡在喉咙里。"等一下，等一下！"他在心中狂叫，说出来的却是另一句话：

"请进。"

话一出口，他心里大叫："糟了！"伪装马上就要露出破绽了，他简直想闭上眼睛。久美子起身，麻利地收拾了一下，打开了明亮的电灯。她也不安地看着隆志。

拉门开了。

"非常抱歉。"

女服务员正打算彬彬有礼地走进来，后面有人拦住了她。两个穿着夹克的男人从女服务员背后看了看隆志他们，其中一人拦住了女服务员。

两个男人窃窃私语了几句。一个刑警突然大声说道：

"不好意思，打扰了。已经可以了，请两位休息吧。"

这是对隆志他们说的。女服务员道了歉，关上拉门。刑警的脚步声远了，隆志的心跳得更快了。他坐在床上一动不动，似乎动一下心脏就会破裂。

"怎么回事呢？"久美子问道，声音里充满了恐惧。

无疑她也在考虑自己是否被搜寻了，但那是更为单纯的对离家出走的人的搜寻。她丝毫没有怀疑隆志是携公款潜逃的逃亡者。

隆志在思考现实的问题："还有两天的紧迫时间了。"

夜晚的凉气直吹他的肩头。

清晨，来送茶水的女服务员就昨晚的事道了歉。

"听说发生了一起案件。嫌疑人是一对年轻夫妇，有情报说他们来到了日奈久市，所以昨天晚上警察把这附近的旅馆从头至尾彻查了一遍，可最后还是不了了之，据说没有查出来。"

"没查出来好啊。"隆志心想。

隆志洗了脸，在能看见屋外院子的窗边的椅子上坐了下来。今天天气不错，阳光明媚，外面的冷空气好像要被那阳光融化了。

他喝着茶，翻开报纸，看了一下社会版，只有些本地新闻，没有关于他的消息。女服务员所讲的案件也没有刊登在上面。

"哎呀,"坐在对面椅子上的久美子忽然低声惊叫了起来,"是那对夫妻啊。"

隆志放下报纸,向院子里看去。

院子十分宽敞,有池塘和假山,绿植也很多,很有南方特色的棕榈树枝叶遮空。

那树丛间并肩行走的两个人正是那一对中年夫妇。丈夫依然穿着西装,衔着烟斗,头发整理得整整齐齐,和那天毫无二致。他微微弯着腰,缓缓迈着步,仿佛在享受清晨的庭院漫步。

妻子紧贴在丈夫一旁,身姿婀娜的她悠然地走着,配合着丈夫的步伐。她不时地看看丈夫,娴静而满足。

"那对夫妻好像也住在这家旅馆啊。"久美子感叹道。

"嗯。"

"这两位是哪里人呢?他们好像住在热海,去九州参观旅游了呢。他们好像是令人羡慕的有身份的人啊。"

是的,这是一对令人羡慕的夫妻。隆志继续凝视着他们。夫妻二人转过庭院,在看池水。早春的日光在池水上洒下了无数光粒子。

两人的神情中充溢着安定生活带来的幸福感。丈夫衔着烟斗和妻子相互依偎的画面,宛如冬日平静的阳光,有一种凝固的温暖。那是一种以坚定的生活堡垒为基础的,令人艳羡的中年的安定。

世上还有那样的人生!

隆志感动得眼泪都要流出来了。

丈夫和妻子静静地说着话。忽然,丈夫抬头看向这边,温和的眼睛里流露出了惊讶,然后他对妻子说了句什么,妻子也向这边转过白净的脸,似乎在说:"啊,是在火车里看到的那两位啊。"夫妻二人冲隆志和久美子笑了笑。

隆志觉得心里涌起了一种类似希望的东西。

6

"自那以后,你们再也没有见过那对夫妻,对吧?"检察官问隆志。

"见过。在指宿的旅馆,我们又一次偶遇了他们,还聊了几句。"隆志回答检察官道。

"聊了些什么?"

"一些很平常的话,比如'旅行真不错啊'之类的。那对夫妻还把我们邀请到他们房间里,请我们吃了饭。"

"嗯。"检察官哼了一声。

"去了指宿,你们还打算自杀殉情吗?"

"指宿是去了,现在想来,当时赴死的念头已经有了很大变化。"

"怎样变化了呢?"

"变成了死也可以,不死也可以。不,也许是不想死了吧。似乎不想死的念头更强一些。"

"那是为什么呢?"

"是因为那对夫妻给我的感觉。实际上,我十分羡慕他们,希望将来也能过那样的生活。"

"但是,你可是携公款潜逃的人啊,能过上那样的生活吗?"

"我觉得能,我会赎清自己的罪,然后拼命努力,重建自己的人生。我从那对夫妇那里学到了勇气。"

"所以就来自首了?"

"是的。"

检察官盯着隆志的脸看了一会儿,抽出一支烟递给他,自己也抽起烟来。他冷不防地冒出一句:

"那对夫妇也许在羡慕你们呢。"

"哎?为什么呢?"

"你们看起来是在天真无邪地享受着青春啊,那样无忧无虑。"

"无忧无虑?"

"是的。"检察官点了点头。

"对方比你们更煎熬呢。那个男人啊,是贪污了六百万日元的贪污犯,是某公司会计科的科长呢。你们以为是他老婆的那个女人,其实是酒吧的老板娘,是他的情人。你们从他们两个人身上获得了勇气,回到了东京。可是他们却在那之后殉情而死。

他们在旅馆里喝了药啊。"

隆志屏住呼吸,说不出话来。而检察官却在考虑他的量刑,打算对他缓期执行。

投影

1

太市从东京流落至乡下了。

由于和部长吵架,他从一直工作的报社里辞职了。

他去别的报社也觉得不舒服。辞职之后他才明白:"没有比报社记者更百无一用的人了。"

他已经不想再待在东京了。

"我要去乡下了。"太市对赖子说。

她却只回应了一句:"是吗?"她并没有反对。拿着公司给的离职补贴,他们搬到了濑户内海一个叫S的城市。他们并非在这里有熟人,只是因为翻看地图时发现这个城市在海边,可以钓鱼,而且似乎是个宜居的地方。

但是,当离职补贴快花光的时候,赖子心里有些没底了。

"我说,怎么办呢?"赖子问道。

可是,太市来到这片土地之后,内心产生了一种虚无感,对生活拮据的现状也没有迫在眼前的实感。他"嗯嗯"地随口敷衍着,又扛着钓具出门去了。

和部长发生冲突而离职只是借口,实际上是他本人沉迷于赖子,不怎么去上班所致。他预支出来的离职补贴和从熟人那里借出来的钱都花在了赖子身上,准确地说,是因为他每晚去她工作的舞厅幽会而花掉了,两人连东京周边的温泉地区也都玩遍了。

一开始,他会打电话给公司,找个合适的理由请假,可次数多了就找不到理由了,他嫌麻烦,索性连招呼都不打了,无故地连续缺勤。

在社会部这样一个繁忙的部门,这么消极怠工是不可能平安无事的。走到不得不提交辞呈这一步,既有他自作自受的成分,也有与部长合不来的缘故。他曾经深得上一任部长宠爱,所以干得风生水起,被当成得力干将。可是如今,从其他部门调过来的部长总是看他不顺眼,不待见他,他早就预感到有朝一日会跟现任部长大吵一架后辞职。他之所以懒懒散散到了辞职这一步,也是因为他想让那个预感早日实现的宿命心理在作怪。有人替他惋惜,那毕竟是称霸日本的一流报社,可这不过是别人的评价。

因为这件事,他也没拿到多少离职补贴。在东京闲散着找工作的话,很快就混不下去了。他以前听说过一位学长曾经在这个城市的地方报社混得很好,便也没打招呼就和赖子来到了这里,谁知那位学长已经从那个报社辞职了。

这种时候,与其到处奔波,倒不如暂时在这个物价便宜的城市里待上一阵子,也找找工作,再给东京的朋友们写信,拜托他们帮着物色一下工作,经济问题说不定不久之后就会迎刃而解。

他带着这种想法,和赖子一起尽情享受着出租房里的新生活。可无论物价再怎么便宜,过了三个月没有收入天天钓鱼的日子之后,捉襟见肘的窘况也赫然摆在了眼前。

看似悠闲的地方,也同样存在着就业难的问题。太市虽然没有认真地去找工作,可即使去找,似乎也没有。况且,紧握4B铅笔在报纸粗糙的稿纸上挥文洒墨的手指,一点也提不起来精神去拿别的东西。

"喂,怎么办呢?"

即使赖子发问,他也只是含糊其词地敷衍过去,照旧去濑户内海的堤坝上钓鱼,这样做的原因之一便是那种心境。

一天傍晚,太市回到家,只见赖子穿着外出的衣服坐在那里。那是她唯一的一套盛装。她化了精致的妆,整个人就像是从微暗的空气中浮现出来的影子。

没等问她去哪儿了,她就看着他的脸,笑眯眯地说道:

"我找到工作啦。没有告诉你就去了,对不起啊。没办法,我们只剩下五百日元了。"

她找的是什么工作,他大致可以猜到。

"是什么工作呢?"

"我去了这个城市最好的酒吧,见了那里的经理。他马上就同意了。我决定从明天晚上开始去上班。"

她为那份工作准备了两套衣裙。

"喂,对不起啊。"赖子瞅着他的脸色低声道歉。

太市明明想说"对不住"的,可他的性格却让他无法将这话说出口,只好苦笑道:

"没事没事,我终于可以当小白脸了。"

赖子一听,拍了他一下,嗔道:

"大傻瓜。"

2

酒吧的名字叫"银座",从外面看,其规模也算有东京最大的酒吧那么大了。太市每天晚上都去那附近接赖子回家。可这样的生活持续一段时间后,他忽然觉得这样确实不行啊。

于是太市稍稍认真了一点儿,每天都翻看报纸的广告栏,却发现三十岁左右的男人要找一份合适的工作谈何容易。

在东京磨炼过的赖子在新店里很快红了起来,这在他眼里是理所当然的事。可是只靠这样的收入生活,即使他没觉得自己卑躬屈膝,却也容易陷入阴郁苦闷的境地。尽管赖子一直照顾他的感受,并告诉他"不用那么着急啊",也无济于事。

谁知，有一天早上，他在当地报纸的广告栏中，发现了一个只有三行字的广告。

招聘优秀记者，

希望有骨气的奋斗者加入。

阳道新报社

他虽然觉得这不过是一家名不见经传的地方报社，但此时此刻，他还是怀着一种迫不及待的心情，飞奔出了家门。

他照着报纸上所写的地址找了一下，杂乱无章的胡同里，原本就没有什么像样的建筑，只有大得与周围环境极不相称的"阳道新报社"的招牌，挂在一个破旧不堪的屋檐下面。

虽然房屋破旧在他的意料之中，但这里却破得出乎他的意料。他差一点儿打退堂鼓，但还是决定先进去看看。从狭窄的正门进入，可以看到铺着碎裂的旧榻榻米的房间。尽管如此，办公桌和摇摇晃晃的转椅也算有模有样。

一位穿着家居服的中年妇女走了出来，似乎是这家的太太，整洁的打扮让太市很有好感。

太市说明来意后，她进去了一会儿，然后带着亲切的微笑走出来，朝他点了点头，说了一句："请吧。"

他们爬上狭窄陡峭的黑漆漆的楼梯，二楼是一个有八个榻榻米大的房间，铺着地板。

"我老公这半年卧床在家,所以失礼了,就请您在这里见个面吧。"太太解释道。

只见被子扭动了一下,躺着的当事人坐了起来。

那是一个脸庞瘦削、眼睛很大、颧骨很高的五十多岁的男人,给人一种尖酸刻薄的感觉。斑白的头发和憔悴的面容,让他看起来十分苍老,他的实际年龄也许会年轻一些。

但是,让人感受到他锐气的,是他眼里的亮光和说话时犀利的言辞。

他自称是阳道新报社的社长畠中嘉吉。他两眼注视着太市问道:

"你有做报社记者的经验吗?"

太市说自己有三年左右的经验。他便没有再问太市更多的个人经历,却聊起了这个城市在这个地方的特殊性、市政不作为、中央政治对地方行政漠不关心之类的话题。

他大约讲了二十分钟左右。他一停止讲话,就马上让太市把自己刚才所讲的要点现场写成报纸新闻稿。这是进报社面试的基本考试,太市虽然听得迷迷糊糊的,但还是写好了总结。

畠中社长让他把眼镜拿过来,看了看他写的东西,鼻子里哼哼地表示赞同。

"关于目前的政治问题,把你自己的独特见解写下来,明天早上拿过来给我看看吧。这是我们的报纸。"

说着,社长把两张四开的折叠小报递给了他。

太市回家后,读了那份《阳道新报》,发现报纸正面都是市政新闻,没有社会版。而那市政新闻充斥着将报道和攻击混为一谈的主观评论。不出所料,这正是名副其实的地方小报。

太市躺着,翻来覆去地读那张小报,不知不觉地流下了泪水。他想到自己落魄到这般境地,内心十分感伤。不过他又在心里说服了自己:为日本一流报社写稿的灵魂和为地方小报写稿的灵魂本质上并无差别。只是寂寞这东西是没有道理可讲的,他拿它毫无办法。

"常持正义斗恶政。"

他嘴里念着《阳道新报》题字旁边的白色标语,到黑乎乎的街道上接赖子去了。

3

第二天决定录用太市时,畠中社长两眼放光,坐在床上这样说道:

"其实你是第十一个想进公司的人。在我眼中你及格了,你要扎扎实实地好好干啊。你从外地来,可能还不太熟悉这里,我给你讲一下现在的市政概况,其他的事你自然而然就明白了。首先,这座城市的市政分为两派:市长派和副市长派。副市长事事顶撞市长。那么,市长为何不开除相当于小媳妇的副市长呢?

这是因为副市长十分精明,已经把大多数市议员拉拢到了他那一边。而且,他打算参加下次的市长选举,他在上层官吏中也非常有人气。也就是说,市长无法开除副市长,是因为副市长实在太强大了。这是其一。其二,副市长为了提高人气,对股长以上的官员言听计从。市议员又随心所欲地操控这些官员。你明白了吧?这就是本市的现状。"

他的表达层次分明、段落清晰、铿锵有力。

太市反问道:

"那么,您是市长派吗?"

社长使劲儿摇了摇头。

"我不属于任何一派。我站在二十万市民这边。我是一个与市政恶行斗争到底的有信念的男人。市长、副市长、市议员和官员都讨厌我。即使如此,哪怕只有我一个人,我也要做下去,但是生病卧床就没办法了,那些家伙大概会很开心吧。可恶!绝不能输!你要替我彻底打击市政的恶行!谁都不用客气。一分钱广告费都不用赚。对啦,给你介绍一下你的同事。一个叫汤浅新六的男人。他虽然工作很认真,但可惜霸气不足。"

畠中社长拍手叫来了穿着围裙的太太,让她去叫新六。

汤浅新六佝偻着背,肤色黯淡,脸部枯瘦,看起来十分苍老。

为了拉近感情,太市把他拉到外面,请他去了一家关东煮店。

"这个市里的上层人物很讨厌老大呢。因为他不管遇到谁都会像疯狗一样扑上去咬。他可是连续八次落选市议员的纪录保持者,所以才变成了那种性格别扭的人呀。"汤浅新六一面舔着酒杯,一面解释道。

"老大卧床不起遗憾得不得了呢。我是一个老大看不上眼的男人。既没有那么好的新闻嗅觉,也没有很好的文笔。不过,好歹也是我一个人编辑小报的所有报道啊。可惜,这样的报纸也没法让人骄傲起来呢。"新六自己笑了。

这个男人也有这样的自卑感啊。进这家报社之前,他在什么样的报社里工作过呢?这么说起来,畠中社长并没有打听太市的经历,新六也不问这样的问题。这一点倒挺好。

新六喝醉了。

"不过,我可喜欢老大啦,尤其是他不贪图钱财、甘愿清贫这一点。太太也说,对她老公已经死了心了,笑称米柜都空了呢。那位太太也是好人。喂,田村先生,老大就拜托你了啊。"

喝了两三家店之后,太市架着新六走回去了。

太市进公司后,员工变成了两人。印刷的工作交给了一家脏兮兮的小印刷厂。版面设计、校正和版面编排,都是员工的工作。

这里的办公条件和拥有现代化照明的大报社相比,有天壤之别。看着在挂着孤零零电灯泡的昏暗的活字印刷台上,吧嗒吧嗒地换着铅字的老工匠,太市的眼泪几乎要流出来了。

赖子安慰他:

"你要是不喜欢那里的话，随时可以辞职啊。"

这话本应是丈夫对妻子说的，现在竟然反过来了。太市抽着烟沉默不语，他还没有勇气给别人展示《阳道新报》的记者名片，他心里一直在考虑税后八千日元这个畠中社长所定的月工资。

第二天，他去了最大的采访地点市政府。新六带着太市走进这座有些脏旧的建筑物，到各科科长的座位前转了转。每个科长都是一副轻蔑的神情，对谄媚地笑着的新六不予理睬。

不理睬他们的不只政府官员。这个市政府有一个大报分社和五六家地方报纸所组成的市政记者俱乐部，这个俱乐部也不允许他们加入。

总之，《阳道新报》几乎被所有人排斥。新六在轻蔑的白眼中，弯背弓腰、卑躬屈膝地谄笑着四处采访。看着看着，太市仿佛从新六那看似卑微的动作深处，看到了与畠中高昂的斗志如出一辙的反抗精神。

4

过了两个月，太市渐渐习惯了这样的生活。有一天，太市去了市政府土木科。他从入口的玻璃窗外往里一瞅，只见科长的办公桌前，站着一个肩宽体壮的高个子男人。

土木科科长的名字叫"南",是个看起来挺亲切的人。太市若无其事地靠近一听。

"别不知天高地厚!"那个站着的高个子男人怒吼道。

只见南土木科科长坐在座位上,耷拉着脑袋。

太市知道自己来得不是时候,不过已经退不回去了。站在那里的高个子男人用锐利的目光扫了他一眼。那人是一位四十多岁、脸膛发红的绅士,身体肥硕,直盯着太市。太市当然不知道那人是谁,那人大概也不知道太市是谁。但是,太市从那人凌厉的眼神中看出,他对太市并没有什么好感,甚至对他心存敌意,认为他是来碍事的。

"你给我记着!"

男人再次在科长耷拉着的脑袋上方怒吼一声,转身离去,从忍气吞声的科长们面前经过,悠然走出门口。

像小学生一样被呼来喝去的南科长,终于抬起了头。他从背心里掏出打火机,点上一支烟。他的指尖微微战栗,看得出他在抑制着强烈的愤怒之情。

但是,科长有些苍白的脸上似乎露出一种难为情的笑意。

"发生什么事了吗?"太市刚想这么问,却发现科长锐利的目光转向了另一个方向。这个科里设有三张股长的桌子。坐在正中间桌子边的一个男人,正若无其事地从椅子上站起来。南科长的目光落在他的身上。

男人离开桌子,像上厕所似的慢吞吞地走到走廊上,消失了踪影。科长的眼神别有意味地追到那里后收了回来,恢复了正常。太市的眼睛没有错过这场短暂的无声好戏。

碰巧一位科员拿来一些资料。科长一只手握着红色印泥,开始了新的工作。他戴着老花镜,头发花白。

太市吐了一口烟,问道:

"发生什么奇怪的事情了吗?"

南科长头也不抬地说:

"什么都没发生。"

他的眼睛盯着资料上的文字。太市抽完一支烟,便离开了那里。

那天晚上,他把新六拽到关东煮店里,把这些状况告诉了他。新六黯淡的脸上闪着光。

"是吗?那可太有意思了。"说着,他从杯子里啜了一口酒。

"那个高个子男人是市议员石井元吉,那家伙为什么要那样怒喝南科长呢?出了什么事呢?石井是这个市里有头有脸的人物。"

"股长是怎么回事呢?"

"那大概是港湾股股长山下吧。一定是一脸忠诚地追着石井议员跑去的。哎,真有意思。那家伙以前可没有那么紧贴着石井。"

"科长和股长的关系不好吗?"

"表面上看起来不差,但是,我怀疑石井议员和山下的关系不简单。不过那一幕太有趣了。你对情况还不太熟悉,竟然能观察得这么细致,真是很敏锐啊。"

"哪里。"

太市给他添了酒。

"不过,我说,你啊,"新六凑近太市,压低声音说道,"这里面肯定大有文章,我们挖掘一下吧。那位山下股长是副市长派的啊。他是一个精明能干、喜好女色的家伙。石井议员是个有靠山的老大,是个很有个性的男人。他欺负胆小怯懦的南科长一定有什么原因。这个情况好好调查一下的话,咱们肯定大有收获。老大肯定会开心的。最近这段时间,《阳道新报》也一直没发什么能让人眼前一亮的报道,老大正焦虑不安呢。"

5

"银座"酒吧营业到晚上十一点,舞女们在十一点半左右回家。这个时间去接赖子的太市,多半会先去关东煮店里坐一坐,来打发等待的时间。

那天晚上,太市正喝着廉价酒,突然看到一位客人的侧脸有些眼熟。那人双颊消瘦,鬓角斑白,胳膊肘撑在台子上,低着头喝酒。没过多久,太市便认出来,那人正是南土木科科长。太市观察了一阵子发现:他一个人沉浸在思考中,神情十分落寞。

太市站起身，坐到他的旁边。

"这不是科长先生吗？"

太市打完招呼，南科长转过头来，瞪大眼睛，惊讶地看了他一会儿，似乎反应过来了：

"啊，是你啊。"

他的嘴角轻轻一笑，不再是那天坐在市政府科长座位上态度冷淡的样子，而是露出了寂寞时遇到熟人的那种表情。

太市说了声"打扰了"，把酒杯递过去，他接过酒杯，说道：

"谢谢。"

"科长也经常来这里吗？"

"不，也不是。"

话音未落，他的嘴角浮起了浅笑。不知是否是心理作用，太市觉得那孤独的笑容似在自嘲。

两人喝着喝着，气氛渐渐融洽起来。科长被市议员石井元吉怒吼的情景似乎还在太市眼前。跟新六说起这件事时，他津津有味地说里面有文章，要查一查。太市庆幸自己有机会在这里和南偶然相遇，说不定可以打探出那个与秘密相关的消息。

"市议员当中，会不会有人向您提一些莫名其妙的非分要求呢？"

酒劲儿好不容易上来了，他若无其事地试探了一下。

只见南轻触酒杯的嘴唇微微哆嗦了一下，嘴唇的颤抖方式显示：他被戳到了痛处。太市心想，糟了，自己的表达方式还是太生涩,再婉转一些就好了。

被太市看到那个难堪的场面,南科长内心会有多么自卑,那是太市想象不到的。

科长看了看手表,站了起来,刚才柔和的笑容消失了。太市觉得机会正准备溜走。

"那么,我先告辞了。"南说道。

说完,他在那里站了两三秒钟。太市觉得有点儿奇怪。只见南酒气熏熏地将脸凑近他耳旁:

"我呀,我可是一个为信念而工作的男人。"他结结巴巴地说道。

太市觉得,他是想留下这句话才没有立即离开的。他掀开关东煮的门帘,瘦削的背影消失在外面。

为信念而工作……南科长是因为想说这句廉价的套话才逡巡了两三秒钟。虽然话语廉价,但是他的心情却很真实。这一点太市可以理解。人越是认真,语言就越是质朴。

"是什么情况呢?"太市并非是被新六吊起了胃口,而是在喝酒的过程中,渐渐对此事产生了兴趣。

他看了看表,已经十一点多了。舞女的丈夫站了起来,准备去接老婆。

"银座"只有霓虹灯还亮着,窗户已经暗了下来。他在幽暗的街头抽着烟等待着。夜晚的空气冷冰冰的。

像往常一样,女人们从后门走了出来。今晚后门附近停了一辆汽车。一个高个子男人的身影从车里走了出来,走进那群女人中间。女人们突然嘈杂地笑闹起来。

男人正拉着一个女人的手,似乎想将她拖进车里。女人在挣扎。其他女人也吵吵嚷嚷地劝解男人。

男人最终放弃了,说了句什么话,笑了。高个子男人那宽阔的肩膀似曾相识。那宽阔的背影被女人们推进了车里。

汽车在女人们的呼喊声中被送走了,女人们的笑声又响了起来。

这时,女人们三三两两地散开了。其中一个女人走了过来,正是刚才差点儿被男人拉上车的女人——赖子。

"久等了!大冷的天,对不起啦。"

赖子像往常一样道谢,两人默默不语,并肩走在昏暗的大街上。

"那个男人怎么回事?"太市问道。

"哎呀,你看到了啊。讨厌啦。那个家伙太烦人了,非说要用车送我。"

"是看上你了吗?"

"我也不知道是怎么回事。他很烦人,最近每天晚上都来,总想跟我跳舞。"

"那个男人是市议员石井元吉吧?"

"啊!"赖子看着太市,"你知道啊!"

"嗯,知道一点儿。"

他觉得很有意思。今晚偶然碰到了南科长,也看到了石井议员,这是怎样一个注定的机缘呢?为信念而工作的南科长的那句话背后藏着什么呢?"你给我记着!"石井对南科长说的那句狠话又意味着什么呢?

赖子将身体靠过来。

"喂,你不说话,在想什么呢?怎么,吃醋了吗?"她仰起脸,抱住他。

"胡说什么呢!"

6

艳阳高照,海上吹来的风却很冷。宽阔的空地上杂草丛生,圆柱状铁桶东倒西歪地放在旧仓库似的建筑物旁。

几个小岛浮在蔚蓝的海面上,巡航船和通往大阪的货船在岛屿之间缓缓穿行。这是濑户内海特有的风光。

"是那个啦,就是那座楼。"新六指着前方对太市说道。

那是一座既不像工厂也不像仓库的狭长的二层简易建筑,窗户上的玻璃几乎全都破碎了,它就像被遗弃在空地上一样。

"那就是石井元吉所建的铁丝工厂。来吧,让我们进去瞧瞧。"

他们走到旁边,从破碎的玻璃窗往里面看,只见里面只有一些机器似的东西，空无一人。

今天早上，太市一去阳道新报社，突然被新六一下子抓住了胳膊，说是有东西要给他看，就把他拉到了这里。

"我知道这里是石井元吉的工厂，可那又怎样？"太市问新六道。

新六用手挡着风，擦了根火柴，点了一支烟。

"好了，我们回去吧。"

他吐了一口烟，走了出去。一路上，他这样说道：

"那个工厂是石井两年前建的，因为经营不佳，半年前停业了，现在就是那个状态了。石井因此损失了约二百万日元。那倒好说，问题是那个破工厂所占用的土地，市里原本计划用于修建扩张港湾的道路。于是，市里要求他拆除工厂，可是石井却对此提出了四百万日元的赔偿。"

"四百万日元！他可真是狮子大开口啊！"

"他说，工厂现在虽然停业了，但是将来会重新开张的。事实上完全没有那样的可能，正如我们所见，那是个名副其实的废弃工厂。但石井却说，考虑到未来的事业，四百万日元的补偿金额还是便宜的。"

"市里怎么说呢？"

"听说土木科的山下股长起草提案，向南科长提出了诉求，南科长却不肯盖章确认。"

"是因为要的金额太大了吗？"

"不,他说分文不出。"

新六吸了口烟。

"那又是为什么呢?"

"我好不容易从土木科的人那里打听到了这些,其他的还没有做进一步调查呢。"

"但是,要求的补偿金额太大这一点可以理解,不过,说一文不出是怎么回事呢?"

太市感到诧异。他虽然知道了石井元吉怒吼南科长是因为这件事。但他觉得,若是一分钱都拿不到的话,石井的愤怒也是可以理解的。

"为了调查其中的原因,我想和你一起去趟这里。"

新六打开脏兮兮的笔记本,给他看了一下用铅笔划出来的地址和名字。

"我在登记处查出来的。这是石井那个破工厂的土地所有者。"他解释说。

新六的活动能力让太市对他刮目相看。他虽然说自己没有新闻嗅觉,其能力却令人无法小瞧。

他们所拜访的那块土地的所有者是个开当铺的老爷子。

"那块土地确实是我的,不过,石井先生没有经过我的同意,擅自在那里建起了工厂。当时我也跟他吵得不可开交,未经许可在别人的土地上建房子,原本就是胡闹嘛。"开当铺的老爷子坐在昏暗的格子门账房里解释道。

"但是,石井先生跟我道歉了,他又是市议员,每个月我也能收到一笔金额相当的地租,所以也就作罢了。"

"这么说来,他未经土地所有者允许擅自建造工厂,那工厂是不是没有建筑许可证呢?"新六问道。

"这我就不清楚了。"

这个问题就没有必要问老爷子了。他们在市政府建筑科一查,不出所料,那是一座没有申报的建筑。

"果然,南科长就不该给支付补偿金的单子盖章,因为没有必要给未申报的建筑支付补偿金啊。"新六道。

"但是,那工厂是在两年前建的。石井早就知道这里要修路,还是在这里建了工厂啊。"

太市说出了自己的推测。

"也就是说,他从一开始就是以获得补偿金为目的而建工厂的。所谓工厂,其实有名无实,徒有那么点儿动静而已。总体来说,石井的目的是为了获得四百万日元的补偿金。"

"你真敢说呢。"新六表扬道。

"大概是吧。不过石井没想到事与愿违,南科长不同意支付补偿金,因为他知道那是没有申报的建筑。以这个理由拒绝石井太直接,所以才婉转拒绝的。这些官员就是这么害怕有势力的市议员。但是,石井不答应。他因为有短处不敢造次,便撂下了你听到的那句话:'你给我记着!'他可不是个轻易善罢甘休的人,也许会利用那个叫山下的股长,做点什么事吧。"

太市也想起了南科长结结巴巴地说的那句："我可是一个为信念而工作的男人。"他大概是顶着石井这个有势力的市议员施加的压力，被压得喘不动气了，却依然还在拼命地努力吧。

"南科长真了不起啊。"太市道。

"嗯，他虽然不太靠谱，却是一个十分正直的人。不过，这件事只调查到这些，还没法成为我们报纸的素材呢。老大好不容易这么有干劲儿，大概会很失望吧。"新六紧皱着满是皱纹的脸，低声嘟哝道。

7

这个城市市政府的人事似乎比较随意，不久，一部分官员有了调动。土木科的山下股长升为港湾科科长。据说港湾计划是本市未来重要的规划，所以以前设置在土木科的港湾股改设为独立的一科，山下晋升为港湾科科长了。

"这事很可疑啊。"

畠中社长坐在床上，看了那个公示后，眼神犀利。

"把山下推到科长的位置上，很明显是为了让港湾股从土木科里独立出来。难道是石井怂恿副市长这么做的吗？因为南科长不能如他所愿，所以石井就把山下推上去，再从中获得好处。这场好戏可不能错过。副市长为了拉人气，对市议员和官员唯命是从,还不知会闹出什么娄子呢。诸位,好好盯紧了啊。"

说是诸位,《阳道新报》的员工也只有太市和新六两个人而已。

可是,那之后不久的一个早上,新六一看到太市就说:

"有趣的来了。快跟我来。"

在东京的报社时,太市一向挂着公司的招牌招摇过市,驱车疾驰。可是在《阳道新报》这边,无论去哪里,都只能坐市里的电车或者步行。

新六领着他去的地方是上次两人一起去过的海岸。岂料,石井元吉的临时工厂已经拆得七零八落了,地面上堆满塌落的建筑材料和木板。浮着岛屿的蔚蓝大海和在杂草丛生的空地上堆放着的建筑废物,形成鲜明对比,仿佛是一幅油画。

"看来,山下当了港湾科科长后,石井马上骗到了补偿金。"

他这么一说,新六两眼放光地答道:

"那是肯定的。他可不是个免费拆房子的人啊。咱们去调查一下吧。"

"怎么调查呢?"

"这个容易。补偿关系归土木科管,去土木科调查一下,马上就明白了。"

然后,他们去了市政府。

谁知,问了土木科,得知他们并没有给石井那种补偿金。

"真是出乎意料。"

新六一副吃惊的样子。

"石井果真老老实实地让步了?"太市喃喃低语道。

"绝不可能有这样的事,他可不是一个那么容易搞定的人。"新六噘着嘴反驳道。

"他一定是拿到钱了,所以才拆了那座破建筑,而且是山下成了科长之后马上就拆了。如果土木科没有付补偿金的话,这里面一定有什么猫腻。好吧,让我来拆穿他们的把戏吧。"他激动地说道。

太市那天晚上去了"银座"酒吧。虽然作为客人去老婆上班的地方有些不好意思,不过他今天晚上来这里是有特别目的的。

昏暗的灯光下,店里的装修显得土里土气的,但是里面的设施却一应俱全。

他刚一落座,一个服务员就走了过来。他点完酒水,有个穿裙子的女孩来到他的身旁。舞池里,十三四对男女正在旋转的彩色灯光下,跟着音乐摇摆舞动。

太市用眼睛搜寻了一下,很快就在跳舞的人群中发现了赖子,她的舞伴是一个似曾相识的肩膀很宽的高个子男人。看来石井是冲着赖子来的常客。看到自己的老婆成为别的男人的狩猎目标,跟别人一起跳舞,太市突然觉得有点儿新鲜。

一段音乐结束后,跳舞的人群散开了。石井坐到一个包厢的座位上,赖子跟在他的后面。她似乎扫了一眼太市这边,但仿佛没有察觉到他似的。

石井将赖子拉到身边,一个劲儿地劝酒。不久之后,他开始和围在他身边的四五个舞女商量着什么,舞女们吵嚷起来。因为距离太远,太市听不清楚她们在说些什么。

石井叫来经理,笑着跟他说了些什么。经理点了两三次头。石井拍着经理的肩膀站了起来。接着,舞女们纷纷站了起来。

石井当然不会放过赖子。赖子在做什么呢?太市留心看着,却发现赖子似乎有什么事情似的离开石井,走了过来。她笑眯眯地拖着裙子走进这边的包厢,装作偶然瞥见了熟客过来打招呼。

"啊,好久不见。"她跟他打招呼道。

因为太市身旁有其他舞女,所以她故意这样说。

"你好。"太市也附和地说。

"我现在要陪石井先生去坐潮楼了,所以,再见啦。"

说着,她伸出手跟他握了个手,又回到石井身旁。石井一直盯着太市看,太市装作浑然不觉的样子,只管喝啤酒。

石井带着赖子和三四个舞女离开了。太市问旁边的舞女:

"她刚才说的坐潮楼是什么地方?"

一个面部扁平的舞女答道:

"您不知道坐潮楼吗?那是这里最大的料理店啊。"

太市听后,解开了赖子的哑谜。她是让他去坐潮楼。

他付完钱正要出门的时候,遇到了站在物品寄存处的经理,他正愁眉苦脸地站着。

经理把太市当成了客人,毕恭毕敬地向他鞠了个躬。

"女孩子们突然少了,好没意思啊。怎么回事呢?"他试探地问道。

经理一副十分为难的样子。

"石井先生说,今天晚上要开摄影会,借三四个女孩子用一个小时左右。我没有办法,便借给他了。在生意最忙的时候,他把货带走了,真是令人头疼啊。"

因为经理把赖子她们说成了货,听上去有点儿怪异。可更不可思议的是,石井要开夜间摄影会。他竟然也有这样的一面。

"拒绝他不就行了吗?"

"唉,不能拒绝啊。如果可以拒绝,我当然会拒绝的。石井先生是这个市里的大佬,像我这样的小买卖,万一被他盯上了可就麻烦了。"

太市走到外面,习惯性地看了看手表,时间是八点四十分。

他来到坐潮楼一看,果然是一座高大的建筑。因为离海很近,风里带着海潮的气息。

他走进铺满大粒沙子的幽深玄关,在门口地板处,妆容精致、衣着整洁的女服务员们并排而坐。

"我是来参加石井先生的摄影会的。"他壮着胆子说道。

"啊,是吗?您这边请。"

一位女服务员站起身来,穿上木屐,推开里面院子的木门,将他领了进去。

中庭里有许多灌木,整个院子看起来很宽敞。太市担心露馅儿,便跟女服务员说自己已经知道路了,打发她回去了。

他蹑手蹑脚地走过去,只见中庭的草坪上有一群女人,二十多个黑色人影围着她们,吵闹不停。草坪上的灯光不是很亮,没法看得很清楚,不过大家都举着相机,他们似乎正在定模特的姿势。

"喂,已经快九点了啊。从那边开始吧。"传来石井沙哑的声音。

在他的催促下,人影的动作也忙乱起来。"好的,就保持那个姿势。""再稍微往旁边斜一下吧。"摄影者频频发出各种要求,接着是一道道瞬间闪过的苍白亮光。

以此为开端,闪光灯接连不断地闪了起来。二十来个人一个接一个地按下快门,闪光不断。

闪光灯闪了一阵子之后,众人休息了十分钟左右,闪光灯又开始闪烁了。女人们在那空当儿里娇声不断。

太市看了一会儿,觉得很无聊。看这形势,他应该不必担心赖子的安全,便偷偷溜到了坐潮楼外面。

他仰望天空,没有月亮,星星仿佛贴在漆黑的天空上。他看着看着,突然怀念起东京来。

这种时候,他特别想看夜晚的大海。他朝着海风吹来的方向走去,一些像仓库一样的建筑物鳞次栉比。穿过那些建筑物,他终于来到海边。

大海在暗夜中黑沉沉的。这里没有风,涛声也很小,用"沉静"这个词来形容再合适不过了,因为下面是码头,所以能听到波浪轻轻摇晃的声音。

对面有座岛,但是看不到灯光。右边靠近岸边的地方,似乎有一艘小汽艇,一盏电灯在桅杆上亮着。在漆黑的海面上,只有那一抹明亮的光。

在小汽艇和码头之间,还有一艘没有灯光的大船。

他的眼前是幽寂黑暗的大海。

不知不觉间,太市的眼泪都快要流出来了。他想回东京。他第一次觉得流落到这种内海的无名小城市的自己十分凄惨。不,更可怜的是跟着自己来到这种地方的赖子。

太市在那里待了五六分钟就回了家。

他浑身无力,钻进被窝呼呼睡去。熟睡的他被赖子叫醒了。

"摄影会怎么样了?"他睡眼惺忪地问道。

"那个什么摄影会,时间也太长了吧,花了我一个小时呢。一个劲儿地照来照去,乱拍个不停。好累啊。不过小费倒是给得不少。"

"是吗?那还不错嘛。"

"你来找我了吗?我提示过你了。"

"嗯,稍微去看了一下,不过很快回来了。"

"真是个不靠谱的人啊。"

8

第二天早上,太市在床上看早报,报纸的地方版大篇幅地报道了南土木科科长行踪不明的消息。他惊得一下子醒过神儿来。

南土木科科长十日晚上没有回家,家人很担心,多方寻找,却没有找到任何线索,所以向警局提出寻人请求。南科长严谨自律,至今为止,他从未有过不跟家人打招呼在外留宿的行为,所以家人十分担忧。

十号晚上,南科长出席了在这次调动中,从土木科股长升为港湾科科长的山下建雄的送别会。宴会九点十分左右结束,他便回去了。据说,南科长当时酩酊大醉,不顾大家的阻拦,照旧骑着自行车往家走。

山下港湾科科长说:"南科长因为酩酊大醉,我劝他不要骑自行车了,走着回去,但是他还是按照一直以来的习惯,骑着自行车回去了。那时候我把他送回去就好了。希望他不要发生什么意外。"

太市扔掉手里的报纸,跳了起来。因为赖子晚上睡得太晚,他不想吵醒她。但是,太市的举动还是让她睁开了眼睛。她问道:

"怎么了?"

"啊,没事。我现在去公司。你先睡吧。"

他洗了把脸就冲了出去。所谓的公司,指的是阳道新报社。以前他的公司,可是全国一流的报社啊。

他赶到报社,吃惊地发现,汤浅新六已经来了。他正弓着驼背,在社长面前恭敬地站着。看到太市走进来,他无精打采地抬起眼,打了个招呼:

"早上好!好早啊。"

在太市面前的依然是那张毫无变化的枯槁的脸。

与他相比,畠中社长虽然坐在床上,却显得十分兴奋。大概是因为这个原因,他的气色看起来很好,两眼炯炯有神。

"我说,"社长兴奋地跟太市说道,"我们市政府也终于腐败到发生这种丑闻了啊。"

太市抬起头来。

"丑闻?您说的丑闻是什么?"

"你不是知道吗?你为什么这么早来报社呢?"

社长用手指敲着报纸。那是今天早上报道南土木科科长行踪不明的报纸。

"但是,南科长行踪不明,并不能马上就说是丑闻吧。在搞明白到底是什么情况之前,什么都没法说……"

"你说什么呢?"社长生气地说道,"还以为你精通市政呢。"

"不,我感觉对市政越来越明白了,不过,南科长失踪这件事,目前还跟市政没有关系吧。"

太市难得起了个大早,被劈头一顿骂,有些生气。于是,他就想稍稍违逆社长的意思试试。

"绝对是这样的。"

"但是我们没有证据。"

"那种东西没有也知道了。我就这么躺着,对市政也了如指掌。没有这样的直觉,就做不出能够净化市政的报道。"

"社长也许凭直觉就可以,但是,我们没有客观证据,就没有判断的基础。"

畠中社长用锐利的目光看了太市一眼。

"因为你至今为止一直在大报社,只负责一部分工作,所以才会说出这么短视的话来。想要洞察真相,就得把眼睛再睁大点儿。你一个劲儿地强调证据,你应该也和南土木科科长说过几句话吧?"

"是的,说过。"太市只好这样回答道。

他的话一出口,心下一惊。南科长不是曾经对太市那样说过吗?

"我可是一个为信念而工作的男人。"

这句话太市确实听到过。

这么说起来,这句话要说是证据的话,也算是吧。想不到社长说出了这么别有深意的话。

"你看一下这个。"

见太市若有所思,畠中社长乘机说道:

"如果等到哪里有事件发生了,再慌里慌张地去取材,那可不行。材料是平时就要有的。对这一点,要始终保持……"

他刚说到这里,电话响了。那不是放在桌子上的那种比较时髦的电话,而是安装在楼梯口墙壁上的老式电话。

"我去接吧。"

一直沉默不语的新六慢吞吞地站起来,接起了电话。

他不断点头,"啊,啊"地回应着。

"谢谢啦。"他毫无感动地道了谢,放下电话听筒,坐了下来。

"什么事?"畠中社长很在意地问道。

"是警察局的岩间次长打来通知我们的,南土木科科长的尸体已经被人从海里打捞上来了。"

"什么?"社长瞪大了眼睛,吃了一惊。

"那,那么,他说怎,怎么回事?"他急得不行,口吃起来。

"他说自行车也打捞上来了。因为没有外伤,就目前看来,他是死于意外。"新六依然面无表情地说道。

"傻瓜!"

社长眼神犀利地说:

"绝对是他杀!"

9

南土木科科长的葬礼于下午三点在他的家里举行。

太市决定去烧香祭拜。虽然他和这位可怜的科长没有亲密交往,却无法把他当成陌生人。

太市难以忘怀曾经在小酒馆看到的南科长,他低着头往唇边送酒时那两颊瘦削的憔悴容颜浮现在眼前。

"我呀,我可是一个为信念而工作的男人。"

他那略带口吃的话音依然在太市耳边回响。

他的信念是什么?

拼命抵抗市议员石井元吉压迫的南科长的心情,从这句话中可见一斑。越是小城市的市议会的老大,越是对市政府的官员蛮不讲理。特别是像石井这样的男人,官员们见了都要退避三舍。市长也好,副市长也好,市议员也好,都对石井元吉退让三分。石井拥有如此强大的势力。

南科长挡住了蛮不讲理的石井。所谓的"信念",大概指的是南拼命抵抗石井的不正当行为的决心吧。从科长的卑微地位及其软弱的性格来看,这是多么大的决心啊!太市心里清清楚楚。

毫无疑问,就连石井都被南的抵抗搞得有些头疼了。南从正面抵抗的话,石井毫无办法,因为石井以前一直都是以他的势力强行通过审批的。

石井让自己的心腹山下股长升为港湾科科长,以此来削弱南的实权,他的用心显而易见。然而,正在这个时候,南因为意外事故死亡。

畠中社长虽然在床上大叫"是他杀",但那不过是他一时的气话,并没有什么证据。

南真是个不幸的人。太市一想到这里,便想去南的灵前给他上炷香。这也是一种缘分。

打听到了南家的地址和门牌号,太市心下一惊。他有一种自己最近刚刚去过那里的感觉。

"那是什么时候的事呢?我确实对这里有印象。"

他停下脚步,环顾四周,总算明白过来。十号的晚上,他来过石井元吉举办夜间摄影会的坐潮楼,南的家就在坐潮楼附近。

因为那时候是晚上,这地方跟他白天看到的感觉不一样,不过他确实来过。他走在那条路上,左边能看到那个坐潮楼的房顶,右边是个有些印象的仓库。那天晚上,他曾经从那仓库旁边经过,去了海边。

然而,南科长的家碰巧就在坐潮楼附近。

实际上,从那条路的十字路口处往左一拐就是南科长的家。为了给当天参加葬礼的人指路,拐角的电线杆上贴着一张箭形路标,上面写着"南家"。

从拐角处到南科长家,步行大约需要四五分钟。这里是市郊,附近的人家还有田地。

太市慢悠悠地走着,发现有人爬上了立在马路边的路灯杆。他随意抬头一看,一个电工模样的男人正在修理路灯。一位住在附近的老人正在抬头往上看。

"真有干坏事的家伙呢。如果是孩子还好说,大人就……"老人跟电工搭话。

"老爷子,你看到了吗?"电工问道。

"我听到'咔嚓'一声响,跑出来一看,电灯灭了。一个男人拿着一个棒子一样的东西逃跑了。那大概是气枪吧。用气枪射击路灯,那家伙真是太缺德了!"

太市听后,心想:"乡下竟然有闲得做这种恶作剧的家伙啊。"

他来到南科长家门前,不愧是市政府干部的葬礼,连道路上都摆满了花圈,参加葬礼的人进进出出不停。

接待处坐着三四个市政府的官员。太市取出奠仪的份子钱,毕恭毕敬地鞠了一躬。一看到名片,接待处的人立刻睁大了眼睛。名片上写着"阳道新报社记者"。因为畠中社长总是抨击市政,所以市政府的人对这家小报社深恶痛绝。

太市很快离开了那里,向里面走去。

南科长的太太现在已经成了寡妇,她和年幼的孩子坐在祭坛旁边,貌似亲戚的人坐在另外一排。这倒没什么,但山下港湾科科长也在里面,这让太市有些惊讶。

但是仔细想想,这并不奇怪。山下是南科长的老部下,来葬礼上帮忙也是理所当然的。但是,太市了解南科长生前和山下之间的关系,总觉得有些奇怪。

在灵柩前面,太市虔诚地上了一炷香。不知是怎样的机缘巧合,他刚刚流落到这片土地上,就与这位故去的人有了一些渊源。太市双手合十,突然想到了人们无法看到的命运。

太市起身离开时,和山下的视线相遇了。山下认识去市政府采访过的太市。

山下眼神犀利地盯着太市。

10

太市走出南科长家,向十字路口走去。他看到路灯杆上的路灯已经修好,换上了新灯泡。

他来到十字路口,发现沿着这条路直行不转弯的话,就能走到海边,前方是一片苍茫的大海。

太市想去海边看看,但又嫌麻烦,便直接回家了。

赖子正在用熨斗熨裙子。

"哎呀,怎么了?"赖子看着太市胳膊上缠着黑纱便问道。

"嗯,我去参加了市政府南土木科科长的葬礼。"

太市摘下黑纱,躺在榻榻米上。

"啊,报纸上登出来了,就是那个醉酒后坠海身亡的人吧。真可怜啊。"

"是啊。"

太市仰面朝天,伸展四肢。

"哎呀,你要睡觉吗?不去报社上班,在家里偷懒呀!"

一听到"报社"这个词,太市又一次觉得难受了。社长和编辑兼记者一共三个人，几百字的报纸原稿交给镇上的小工厂代理印刷。然而，以前他所说的报社，可是全国数一数二的一流报社。

"好疲惫啊。赖子，借你的膝盖用一下。"

太市之所以感到疲惫，是因为陷入这样的境地而心力交瘁。

"讨厌的家伙。"赖子虽然嘴上这么说，但还是放下了手里的熨斗，靠了过来。

太市把头放在她的膝盖上，后脑勺感受到她柔软有弹性的腿。

太市眼睛的正上方是赖子的脸。他让这个女人受苦了。

"你盯着看什么呢？"赖子从上面往下瞅他，眼睛在笑。

"看你怎么一直那么漂亮啊。"太市搪塞道。

赖子突然把嘴贴了过来。太市爱怜地揽她入怀，抱紧了她。

"让你受苦了，对不住啦。"

听他这么喃喃低语，赖子抬起头来，使劲儿摇了摇。她看着太市说：

"你对我很好啊。"她的语气里满是安慰。

"从东京流落到这里，这个女人只有我可以依靠啊。"一想到这里，太市越发怜爱她了。

"赖子，别的不说，一定要保重身体啊。"

赖子听了，说道：

"你更要保重啊。如果你身体不好好的，我可就要愁死了。"

如果你跟南先生那样有个好歹的话,我也活不下去了。"

"没事的,放心吧。"

"真的啊,一定呀。要是把我丢在这样的地方,我就没有去处了,可就真要命了啊。"

这是赖子一向的习惯,说点儿俏皮话,让太市的心情能稍稍轻松一点儿。

"到那时候,就跟着石井元吉呗。"

"哎呀,可以吗?"赖子的眼神有些恶作剧。

"可以啊。"

"那么,就这么办吧。那家伙最近可是特别执着地追求我呢。"

"哦。"

"他问过我好几次我是否单身,说要照顾我,我没答应。我一直在敷衍他,可是最近感觉被他越逼越紧了呢。"

"他有没有什么出格的举动呢?"太市听了这些话有些动摇。

"还是吃醋了吗?"

"傻瓜!"

"这个嘛,各种各样的举动都有呢。他想跟我有肢体碰触之类的。不过你放心,我绝对不会让他得逞。"

"这个是肯定的了,你是我的老婆嘛。"

"当然啦。不过,他可不是省油的灯,一直在找时机。你还记得上次的夜间摄影会吧?对了,就是南先生坠海身亡的那天晚上。那晚回来的时候,他还说要把我抢去,都让汽车在那里等着了呢。虽然我甩开他跑掉了,但是心里好怕啊。因为担心会有这样的事情发生,所以我当时给你发过求救信号,让你过去接我。谁知道你先回家了,真是个不靠谱的人!"

"那事真是对不起啦。"

"光嘴上说说,讨厌啦。"

"不是光嘴上说说。来吧。"

太市又抱住赖子,猛地亲了起来。她垂下睫毛,闭上了眼睛。一想到赖子是自己的女人,太市心里就涌起一种幸福感。

"我说,有点儿奇怪呢。"赖子离开他的嘴唇说道。

"前几天的夜间摄影会是石井主办的,不过后来听他们说,石井对摄影完全没有兴趣。这有点儿奇怪呢。难道他为了追求我,特意安排了一个摄影会吗?"

"哦……"

太市趴在床上,吸着烟。

他吐着烟圈,心里也觉得确实有点儿奇怪。这怎么可能呢?石井不可像是赖子说的那样,为了追求她而费那么大劲儿。不过,一个对摄影没有兴趣的男人为什么会举办夜间摄影会呢?

这么说来,事情确实有些蹊跷,那天晚上,南科长坠海身亡。摄影会和南之死,这两件事看似毫无关系,可要说是巧合,也太巧合了,它们几乎是同一时间发生的。

"绝对是他杀!"太市耳朵里响起畠中社长的话。

"好,这就去现场看看!"

他给自己加了把劲儿,一跃而起。

"哎呀,要出门吗?"赖子抬起头说道。

"嗯,有工作要做。你也差不多该准备出门了吧?"

11

太市站在之前的那个十字路口。夕阳已经偏西,他那落在路上的影子很长。

那么,哪边是东,哪边是西呢?对了,海是在南边的,所以,以这个十字路口为中心,南科长的家与海的方向正相反,是在北方,那座坐潮楼在道路北侧稍稍往后凹进去的地方,这里能看到其房顶。

南科长总是骑着自行车从市政府所在的西方沿着这条路过来,经过这个十字路口向北拐回家去。那天晚上也是这样。宴会结束后,他骑着自行车回家,在到十字路口之前,他的路线没有改变。

可是,他却没有在十字路口向北拐,而是往南拐去了。向南拐,直线前行的话,二百米左右的地方就是码头,下面就是大海。也就是说,十字路口处往左拐就是他的家,往右拐就是大海。

如果南科长把方向搞错了的话……太市刚想到这里便停住

了。那种事情绝无可能。科长十五六年一直在走同一条路。即使是在黑夜里，喝得烂醉如泥，以人类的行为习惯来说，也绝不会搞错了烂熟于心的回家之路。

太市从十字路口往南拐，来到码头。

他看到了大海。不管什么时候看，大海都是那么美。海面上浮着几座岛屿。在太市眼里，落日的颜色将眼前的风景抹上了一缕哀伤。曾几何时，这里的夜景使他因想念东京而流下了泪水。

而那晚正是十号的晚上，是南科长连人带车从这个码头上沉到海里的那个晚上。

太市站在码头上，向下望去。海水颜色幽深，大海看似沉稳，可白色的波浪依然猛烈地冲刷着岸边的石墙。南科长坠入这波浪中，被海水吞没了。

太市望着大海，忽然觉得少了点什么。从那晚的记忆来看，眼前的海有点儿太辽阔了。

不过，他很快就明白了原因。那天晚上，在离码头较远的地方，有一艘货船。那艘货船的对面，停着一艘汽船。而现在的海面上没有这些船，他觉得大海格外辽阔，正是因为这个原因。

太市在那里坐了下来，眺望了一阵子大海。太阳已经完全落山了，天空依然残存光明。

一种难以忍受的情绪再次袭来。什么时候才能回到东京呢？有乐町繁忙的景象浮现在他的眼前。他想起了直至深夜还灯火通明的七层建筑,朋友们的容颜在脑海中闪过。他后悔自己毫无耐性地跟部长吵了架。但是,他那个时候,除了那么做,没有其他选择。

相比之下,这里的畠中社长是个多么值得敬爱的老人啊。他为了净化腐败的市政风气,努力创办着发行量不过几千份的小报。老人是真心想把报纸办好,并非像其他小报那样强行塞插广告,既没有让人捐钱,也不会倡导任何极端行为,像愤青一样,高喊着"正义",热血沸腾。

唯一的一个前辈——记者汤浅新六也是一个虽然装傻却很有趣的男人,没有人比他更合适当《阳道新报》的记者了。他看似糊里糊涂的,却是个极有风骨的人。这样的记者在如今的东京几乎绝迹了。

这两个人太市都很喜欢。他觉得,如果自己没有野心,甘愿待在乡下的话,他可以和这两个人共事一辈子。

"但是我还年轻啊。"

他不想在乡下枯朽,梦想还是无法舍弃。而且,让赖子跟着他在这种地方安家,他实在于心不忍。

等他回过神儿来,四周已经完全暗下来了。

"对了,必须要跟畠中社长联系一下。"他想。老人不知他去了哪里,一定会担心的。

太市站起身来,向十字路口方向走去。他往道路两侧看去,想找个有电话的地方。

很幸运,他的眼前出现了一家杂货铺。

太市向他们借到了电话。这里的人不像东京的那样,动辄摆出不耐烦的神情。他走到哪里都能遇到亲切地借给他东西的人。

畠中社长接了电话。

"是社长吗?我正在调查南科长的死因。"

这虽然不是什么大事,但他还是这么汇报了。

"是吗?辛苦你啦。"老人浑浊的声音听起来很激动,"新六也在拼命打探市政府那边的消息,你也好好加油!"

"好的,一定加油。"

"听好了,南科长之死不是普通的死亡,他绝对是被人杀害的。警察认为是意外过失死亡。警察根本什么也不知道。我们报社就是要在这样的时候发挥作用。我们要为南科长报仇,让那些无能的警察睁开眼睛瞧瞧。听好了,你要从他杀这个思路入手调查。我期待看到你大显身手啊。"

"嗯,明白了。"

挂断电话后,畠中社长激动的声音依然在他的耳边回荡。看来新六似乎也被激起了干劲儿。

太市又来到了路上。

他来到十字路口,看到北边正前方的路在闪闪发光。太市想起白天在去南科长家上香的路上看到的电工修理路灯一事。

在他正要往西边拐的时候,忽然看到马路对面的东边好像有东西在发着苍白的光。

那大概是个钢铁工厂,有人正在上夜班,电气焊的光亮不断闪烁着。太市站在那里,眺望了一会儿。

他想确认一下那个工厂,于是转身向那边走去,借着苍白的光前行,走到那里一看,果然不出所料,那是一家很小的工厂,他借着门柱上的灯光,看到低矮的门上写着"大隗钢铁厂"。

太市想确认一件事,便敲了敲工厂旁边一个小屋似的办公室的门,里面有一位工作人员。

几分钟后,太市从那个办公室里走出来,他的表情十分激动,跟之前判若两人。

他回到租借的二楼公寓里,赖子还没有从"银座"酒吧回来。他专心地用铅笔画起了结构图。

太市盯着那张画完的结构图,陷入沉思。

12

早上,太市一去报社,正在打扫榻榻米的畠中社长太太就跟他说,她老公正在等他,让他上二楼。编辑部在一楼,旧榻榻米上摆了两张桌子。

太市上了二楼。畠中社长照例盘腿坐在被子上,汤浅新六则坐在他的面前。

"早上好。"

他一打招呼,老人便转过头来。他看起来很高兴。

"田村君,你先坐在那里吧。"

"好的。"

"新六挖到了好材料啊。对这个男人来说,最近可是很难得啊。"

新六枯槁的脸上露出苦笑。

"那可太好啦。和石井的事有关吗?"

"当然啦。新六,你说给他听听。"

老人神采飞扬地喝了口茶。

"田村君,我终于拆穿了石井的把戏。"新六对太市说道。

"把戏?"

"嗯,你忘了?就是之前石井自己亲手拆了那个破工厂的事。"

啊,是这件事,太市想起来了。石井没有申报擅自建成的临时工厂,因为政府要修路,所以要求他拆除工厂,于是石井向市里要补偿金。石井早就知道那块地是政府规划的道路用地,却还是建了工厂。显然,他是冲着补偿金去的。

南土木科科长因为知道这一点,所以拒绝给他补偿金。石井虽然给南科长施加了很大压力,却无法让南动摇。于是,他就让自己的心腹山下股长担任新设的港湾科科长。

山下当上新科长不久,石井就拆毁了那个破旧的建筑。那时候,太市还和新六一起去现场调查过。

但是他们调查后发现,土木科并没有给石井支付补偿金。南科长当然是不可能支付的,但石井不可能分文不收就默默地拆掉那建筑。他一定是从别的什么地方收到了钱。

"这里面一定有什么猫腻。好吧,让我来拆穿他们的把戏吧。"新六曾经这么说过。

现在,他说的就是拆穿了那个"把戏"。

"是吗?那可是立了大功啊。那究竟是怎么回事呢?"

"钱是从港湾科支付的,从土木科调查,不管怎么查也查不出来。"

"啊,是吗?那么是那个山下支付给他的吗?"

"是的!山下立刻向石井表现自己的忠诚。"

"原来如此。但是,他是以什么名义支付的呢?"

"是以港湾扩建费这个名义支付的。"

"哦。"

所谓港湾扩建费,实在是个很好的支付名目。市政府规划对港湾进行五年的修整扩建。为此,市里从国库拿到了补助金。

"那么,他收到了多少钱呢?"

"六百万日元。"

太市听后也大吃一惊。

"那个破建筑居然能卖六百万?这是什么人评估出来的价格呢?"

"是石井和山下串通一气干的。石井可是港湾委员呢。"

"其他委员和议员没有人提出异议吗？"

"那些人都被石井的势力压得不敢声张，就连议长和副市长也要仰他鼻息呢。"

一直默默地听着他们对话的畠中社长这时大声说道：

"一个个都腐臭了。我们的市政在散发着腐臭的气息。田村君，听好了，国民和市民的税收怎能被浪费到这些不正当的事情上呢？决不能容忍！我们《阳道新报》一定要将这些告知市民，整治这腐臭的市政风气。"

太市心里很乱，原来乡下的市政竟然这么敷衍了事。这么一来，地方自治团体总是抱怨地方财政赤字，却不见任何好转，也是完全可以理解的了。

畠中社长的豪言壮语，从来没有像这次这样让太市感到痛快。

"那么，田村君，你昨天晚上打电话说猜到了南科长的死因，是怎么回事呢？"社长立刻转向太市这边问道。

"不，我现在的想法还只是推测。我也认为南科长是被人杀害的。"

"那是肯定的啦。我一直都这么说嘛。"老人昂然地说道。

"请等我再查证一下。"

老人竟爽快地点了点头。

"好！就交给你了。既然是调查杀人事件，你自己也要谨慎行事。"

太市松了一口气。如果在这里马马虎虎地说出自己的推测,还不知社长会多么生气呢。

"但是,社长,南科长之死如果真是他杀的话,凶手会是谁呢?"

"那还不是显而易见的事嘛!当然是石井那伙人啦!"老人镇定地说道。

"但是,石井即使不杀南科长,目的不也达到了吗?"

"你的眼光还是不够犀利啊。石井杀南科长,也就表明石井除此之外不知道还有多少把柄被他抓在手里呢。我认为南科长大概出于正义感,试图向少数反石井的人揭发他。石井便先下手为强,杀了南了事。这就是他的杀人动机。"

畠中社长似乎是一个对自己的想法笃信不疑的男人。

13

太市和新六从二楼下来,在旧桌子前坐下。这里就是编辑部。

"田村君,你和老爷子所讲的南科长的死因是真的吗?"新六立刻问道。

"是真的。正如社长所说,那是他杀。"太市答道。

"是吗?那可真让人震惊啊。我当时对社长这个判断还半信半疑。那么,是谁把南科长推进海里去的呢?"

"不,没有直接下手的人,但凶手是有的。凶手虽然没有直接伸手将南科长推进海里,却导演出了相同的结果。"

新六露出困惑的神情。太市给他画了一张结构图,接着又详细地告诉了他自己的想法。

"原来如此,竟然做出这种胆大妄为之事。"新六看着结构图,叹了一口气。

"因此,我想调查验证一下我的推测是否正确。有件事希望您能帮忙。"

太市说完,新六点了点头。

"当然可以啦。务必让我做点儿什么,我刚好有空。"

"谢谢。"太市道了谢。

"麻烦你查一下,十号晚上,那个码头海面上的货船和汽船是哪里的船,是谁租赁的。说是汽船,不过是个小汽艇而已。"

"OK!那种事易如反掌。反正是附近的船,查一下市里的汽船公司就知道了。还有其他的事要办吗?"

"那么,就再拜托你一件事。那天晚上,山下跟南科长在料理店吃过饭,对吧?好像是山下的升职送别会。那个宴会是几点结束的?宴会结束的时间是预先定好的吗?南科长醉成什么样子了?这些也麻烦你查一下。"

"我知道了。我认识举办宴会那家料理店的人,估计那人会如实地告诉我吧。"

"那么,就拜托你了。我调查其他方面去。"

两人一起走出阳道新报社,准备分头行动。太市回头看了一眼,看见新六正驼着背蹒跚而行。

太市在出事的十字路口处往左拐,然后向南科长家走去。他来到之前看到的那个路灯下方,站在电线杆下抬头仰望。路灯的灯泡被更换过以后,现在完好如初。这一带的路灯都没有灯罩,灯泡暴露在外面,仅有一个灯伞罩着。

太市弯着腰,在那附近走来走去。他在搜索气枪的子弹。

"喂,你在干什么呢?"突然传来一个声音。

太市吓了一跳,抬头一看,高兴起来,一位老人从旁边居民楼的二楼往下看。毫无疑问,他正是当时跟电工聊天的那个老人。他正表情严肃地瞅着太市。

太市见是这位老人,反而高兴起来。

"啊,我正在寻找落下的子弹呢。"

"子弹?"

"是的。上次不是有个家伙用气枪打坏了您门前的路灯吗?我想找出那个子弹。"

"哦……你是谁呀?"

"我是报社记者。"

"哪个报社的?"

"阳道新报社的。"

太市没有办法,只好摊牌了。以前,他报出大报社响当当的名字时可是十分自豪的。"你是《阳道新报》的？是这样啊，那你稍等一下。"

老人拉上了二楼的拉门。

他从门口走了出来。太市本来以为他会非常不耐烦，谁知他不但没有那样，还笑眯眯的。

"我很喜欢看《阳道新报》，它对市政的批判总是那么辛辣。只凭单枪匹马就做得那么好，真是太棒啦。"

太市意外地在这里遇上了知己。畠中社长听了，一定会非常高兴的。

"你刚才说什么？你在找气枪的子弹？"

"子弹先不说，先跟您请教个问题，这个路灯是哪一天被射坏的呢？"

"十号傍晚，那时天快黑了。"

听说是在十号傍晚，太市心里窃喜。这时，只见老人突然摊开手掌，说道：

"那人用的就是这颗子弹。"

果然，他的手掌上放着一颗气枪用的铅弹。

"我把它捡起来了，打算留作抓做了亏心事的家伙的证据呢。"

"结果呢？您找到做坏事的家伙了吗？"

"当时他逃掉了，不过后来我搜查了一下。这里毕竟是个弹丸之地，查一查平日里总是拿着气枪晃悠的家伙，马上就能找到。"

"是谁啊?"太市激动地问。

老人用犀利的眼神看了他一眼:

"你问这个干什么?"

"为了净化市政风气,必须要搞明白这一点。"太市毫不迟疑地回答道。

"毁坏灯泡的家伙跟净化市政风气有关系吗?"

这下,老人的眼睛瞪大了。

"有关系。"太市觉得很有希望,便干脆地答道。

"这样啊。"

老人思考了一会儿。

"如果是为了市政,那我就不能隐瞒了。为了《阳道新报》,只告诉你一个人好了。那个人啊……"

"那个人是谁?"

"是一个叫山下的市政府科长的儿子。"

14

傍晚,太市和新六在常去的小酒馆碰面了。今天两人为了说话不被别人听到,特意找了个角落里的位置坐下。

"宴会饭店那边是这样的。"新六报告道,"宴会是三天之前以山下的名义订的。给自己的送别会订房间虽然有些奇怪,不过他毕竟在南科长手下工作了多年,所以才由他安排吧。听说宴会预定九点多结束。"

"九点多是吧?"太市点了点头。

"实际上,宴会是在九点五分结束的。南科长骑着自行车离开那里是在九点十分。听说南科长醉得很厉害。但是,因为他还能骑自行车,所以还没到那种烂醉如泥的程度。"

"嗯,原来如此。"

"麻烦的是船的问题啊。"新六皱起眉头,"船的问题已经搞清楚了。那不是货船,而是疏浚用的挖泥船,是县里的船,从四号开始在那个位置停了一个星期左右。"

"一个星期,是到十号吗?凶手把这些都计算好了啊。"

"是的。那个倒好说,问题是小船搞不清楚。市内只有两家轮船公司,我两家都去问过了,都说没有出过那样的小船。"

"怎么可能!不会是石井做了手脚吧?"

"那两家汽船公司都挺给我面子,他们不会瞒着我的。"

新六是一个不可思议的男人,竟然在市内各行各业都有些人脉。既然他那么说了,那应该是没错的。

太市心想,这可麻烦了。正如新六所说,问题在于那艘小汽艇。那肯定是经山下之手租赁的。他不属于市内的汽船公司这点确实奇怪。

"他是租了哪里的船呢?"

"不知道,没有线索啊。"

"我想应该是石井或山下的手下做的。"

"这件事要查起来,可是会很费劲儿的啊。"

太市决心把这件事调查清楚,再费劲儿也决不放弃。

辞别新六后,太市回家了。当然,赖子不在家。他一个人随便一躺,冥思苦想起来。

石井元吉声称要带一帮女人去摄影会。他领着赖子她们离开"银座"酒吧是在晚上八点四十分左右。那时太市自己也在现场,所以很清楚这点。事实上,他还跟踪他们去了摄影会,只见二十几个非专业摄影师正忙着拍摄。据赖子说,那个过程持续了一个小时之久。

宴会结束后,南科长离开饭店是在九点十分左右。他从那里骑着自行车到达十字路口大约需要十分钟,而那时坐潮楼正在举办夜间摄影会。石井要达到目的应该完全来得及。

为了那个目的,那个小汽艇只能认为是石井或山下使用的道具。一定要想办法查出那艘船的真实意图。此时会再出现一个援助者吗?就像给了自己打破路灯的子弹的那个老人一样的援助者……

想来想去,太市不知不觉睡着了。

太市被遥醒,睁开眼睛,看见赖子的脸。

"老公,你在这种地方睡觉,连褥子都不铺,会感冒的。"

"什么嘛,你都下班回来了啊。现在几点?"

"已经十一点半了。"

"哦,都这么晚了啊。"

太市揉了揉眼睛,赖子使劲儿亲了一下他的唇:

"来,清醒一下。"

太市还是迷迷糊糊的。

"讨厌啦,又睡了,说了会感冒的。"

"没事的。"

"讨厌,讨厌。"

赖子把身体压到他的身上,晃了起来。

"放开我嘛。"

"不行,不行!要是像沟口先生那样得了重感冒住院可怎么办?"

"沟口先生是谁啊?"太市声音嘶哑地问道。

"是经常跟着石井来我们店里的小跟班,听说是市政府某部门的股长。他因为晚上打麻将,冻感冒了呢。"

"打麻将会感冒吗?"

"是这样的。因为最近一直没有看到沟口先生,我就问石井的另一个跟班,他告诉我,沟口先生在船里打麻将打到十二点,被寒冷的海风冻感冒了。他还跟我说,这件事要保密,传出去不好。"

"什么?"太市一下子蹦了起来,"赖子!"

"怎么了?突然吓人一跳!"

"你确定他说过那人在船里打麻将了吗?"

"是呀。"

"是在十号晚上吗?"

"那个我没问。"

"喂,你再跟告诉你的那个家伙详细地打听一下,这是非常重要的事呢。为了打探出来,稍微给他点儿好处,我也睁一只眼闭一只眼了。"

"你说得好讨厌啊。"

15

"社长,下面我来详细说一下。"

太市已经弄清楚了事件的来龙去脉,为了详细解说一下,他坐到了畠中社长的面前。这是两天后的事。新六也像往常一样,面无表情地坐在一旁。

老人一脸兴奋地坐在被子上。

"十号的晚上,石井和山下两人合谋计划杀死南科长。计划的第一点,是在坐潮楼举办夜间摄影会,而且是在晚上九点到十点左右。第二点,在离码头较远的地方有县里的挖泥船,以此为掩护,在海面上停放一艘小汽艇,其桅杆上亮着灯。它从八点左右就停在这个位置上,一直到十二点左右。第三点,山下港湾科科长在酒店举办宴会,让出席这个宴会的南科长在九点多骑自行车踏上归途。最后,当天晚上,让南科长家附近的那个路灯无法照明,这一点也很重要。以上四点都是完成本案犯罪的必要条件。"

"哦,那是怎么一回事呢?"

"我按顺序来说吧。南科长总是从西边回来,在这个十字路口往左拐回家。这在白天是没有任何问题的。可是晚上这一带没有商店,漆黑一片。不过,南科长家附近电线杆上装有路灯,一来到十字路口,就能看到这个路灯亮着。而且,这里有一家叫大隈钢铁厂的工厂。那里的工人晚上加班时,总是会做焊接工作,所以会一闪一闪地发出苍白的亮光。从西边来,也就是从这个图纸的左边来,路灯和工厂的光很自然地就成了标识。我想南科长晚上回家的时候也是这样想的。这就是这件罪案的关键点了。如果在这个十字路口相反的方向看到路灯的灯光,看到工厂的焊接闪光的话,会怎样呢?平时以此为标识的人,毫无疑问会稀里糊涂地沿十字路口往相反的方向拐,一直向码头走去。"

"嗯。"老人的眼睛一眨不眨。

"那天晚上,南科长是骑着自行车的。他本想在十字路口处往左边拐,却骑着自行车冲向了右边。以当时自行车的速度,他是刹不住车的。因为那里没有护栏,科长连车带人弹跃着从码头坠入海里。毫无疑问,在十字路口处,科长稍微沉吟了一下,因为他看到了在跟平时相反的方向上有路灯光和工厂的光。但是,他喝醉了,他认为自己因喝醉而出现了错觉。他相信路灯和工厂的光是不会出错的标识,便在本应向北走的地方,骑着自行车向南跑去了。"

"路灯和工厂的光是在相反的方向上吗?"

"十号的晚上是那样的。首先,真正的路灯不亮了。那是因为有个男人在那天傍晚拿空气枪射击路灯,打坏了灯泡。而且,大隗钢铁厂那天是每星期的休息日。所以,凶手是提前知道大隗钢铁厂每星期的固定休息日,才决定在十号动手的。"

"嗯。"老人只是应了一声。

"这么一来,真正的灯光就消失了,剩下的就是要制造伪装的灯光了。伪装钢铁工厂的灯光,用的是当天晚上在坐潮楼院子里举行的夜间摄影会上,二十几个人的照相机的闪光灯。南科长在十字路口看到那些闪光灯的灯光,误以为是焊接时的闪光。坐潮楼以十字路口为中心,和大隗钢铁厂处于对角线的位置。接下来是路灯。这个是浮在海上的小汽艇的事儿了。也就是说,船上桅杆的灯起到了路灯的作用。在这里,凶手考虑得十分周到。因为县里的挖泥船停在那里,所以小汽艇可以停放在它的背后。这么一来,桅杆的灯光就不会映到海里去。因为挖泥船晚上不工作,所以所有的灯光都灭了,漆黑一片。也就是说,小汽艇桅杆的灯光成了唯一显眼的亮光,这样它就能代替路灯了。"

"你考虑得真周到啊。"社长称赞道。

太市继续说道：

"接下来是时间问题。坐潮楼院子里的夜间摄影会九点就开始了，大约进行了一个小时。在这一个小时的时间里，闪光灯不断地闪烁。这样一来，即使南科长到达的时间与他们计划的时间不一致也没什么关系。不过，南科长正好按照他们计划的时间，在九点多宴会结束后，骑着自行车离开了料理店，大概在九点十五分至二十分到了十字路口。一切都按照凶手的计划顺利地进行着。他看到假的'路灯'和'工厂的闪光'，向着大海方向直线猛冲过去了。这时，他醉醺醺的状态也是使他弄错方向的一个条件。他之所以改变向左转的习惯，向右边转了过去，第一是因为伪装的灯光，第二是因为酒醉使其思考能力变弱，只能依靠灯光标识前进。我们也经常有这种经历：知道自己喝醉了，所以就更加依靠标识了。南科长骑着自行车往前冲，一直冲进海里，中间没有任何障碍。这样就造成了他意外坠海身亡的结果。"

畠中社长兴奋得脸都红了。

"最后就是凶手的问题了。射碎路灯灯泡的是山下的长子，他今年刚从学校毕业，靠他父亲的关系去了市政府工作，成了一名官员。这件事有目击者，也有可以作为证据的气枪子弹。坐潮楼的夜间摄影会是石井主办的，他本人对摄影毫无兴趣。小汽艇不是本市船务公司的，而是F市船务公司的。山下派了四个心腹下属过去，让他们租下小汽艇，并且一直停在现场直到十二点左右。当然，他应该没有告诉那些下属这样做的真实原因。他们只是奉命行事,在船上打了几个小时的麻将而已。其中一人当天夜里感冒生病了,后来因感冒引起的肺炎住院了。这就是我调查的结果,大致就是这么个情况。"

"调查得非常好啊。"老人无限感慨地说道。他的眼睛在闪闪发亮。

"这确实是石井和山下的合谋犯罪啊。这已经让人没有办法无动于衷了。田村君,你马上把这个案件整理成新闻报道。新六,作为背后的实证,你大肆宣传一下石井一伙的诸多恶事。好吧,这一期我们用全部篇幅来报道这个案件吧。发行数量定为一万份吧。在全市一点儿不漏地发全了,让所有市民都了解一下这个案子的真相。什么?纸费和印刷费?哪怕抵押所有物资也要做。"

"社长!"新六听到这里才发言,"不用先跟警察那边汇报一下吗?"

"傻瓜!"老人喝了一声,"无能的警察自然会跟在我们报社的屁股后面调查的。"

老人兴奋得面红耳赤,简直要从床上蹦起来了。

一个月后,太市在原报社一个前辈的关照下,被报社分部的一个民间广播公司录用,要回东京去了。

冷清的车站月台上,畠中社长的太太和汤浅新六前来送行。

发车铃声响起的时候,新六瘦弱的手紧握着太市的手,社长太太也和赖子相对而泣。

"田村先生,我家那口子因为身体那个样子,没法前来送行,非常遗憾。他一直流着眼泪说:'真的非常感谢你,非常感谢。'"太太对太市说道。

"哪里哪里,我才深受社长关照呢。来到这片土地上,社长让我第一次懂得了新闻记者的正道。这份恩情,我一辈子也忘不了。"

"哎呀,田村君,这倒是真的啊。"新六说道,"正因为有像社长这样的人在,你来乡下才有意义啊。回到东京也不要忘了啊。"

"怎么可能忘呢?"太市用力握了握他的手,"一辈子都不会忘的。"

列车开动了。

"新六先生,社长就拜托你了啊。"太市喊道。

"明白,我和那个社长可是两口子呢。"

新六用手拍着胸膛。社长太太歪着脸笑了。

两人的身影留在灯光下寂寞的月台上,渐渐看不见了。

太市和赖子相对而坐。太市久久地凝视着昏暗的车窗。这片土地如流水般逝去了。

他不知不觉流下了眼泪。前来送行的两个人的身影还残存在他的眼底。那涌上心头的感情,不正是他对这几个月来自己和赖子在这片土地上留下的影子的怜惜之情吗?